「シルフェリス殿も購入されたそうです」
ラケル姫の情報に、
「何!?」
レオニダスは素っ頓狂な声を上げた。

「ヒ～ロト～～ッ！」
ヴァンパイア族の娘は甲板に探している人を見つけると、
大声で最愛の人の名前を叫んで舞い降りた。

「誰もいらっしゃらないのなら、わたしが参ります」
ヒロトは驚いてラケル姫を見た。

高１ですが異世界で城主はじめました20

鏡 裕之

HJ文庫
967

口絵・本文イラスト　ごばん

目次

高1ですが異世界で城主はじめました

関連地図

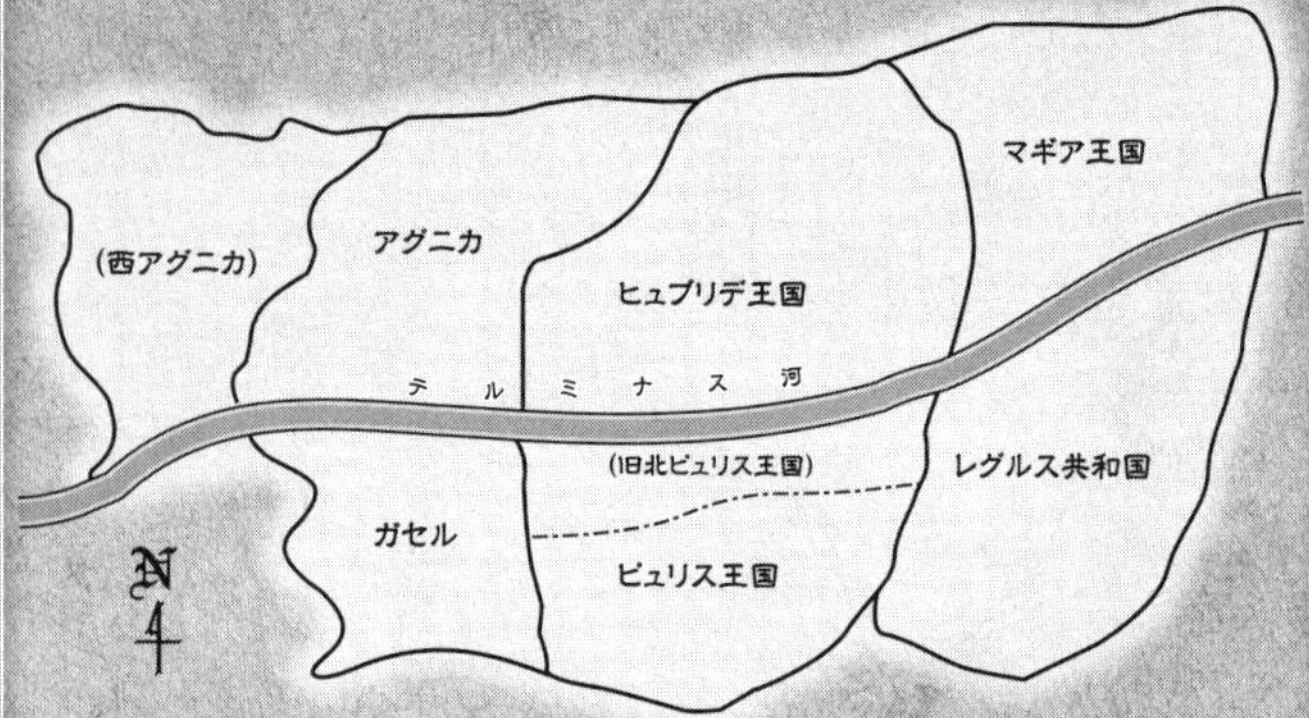

ヒュブリデ王国
ヒロトが辺境伯を務める国。長く続く平和の中、順調に経済的発展を遂げたが、そのツケが回り始めている。

ピュリス王国
イーシュ王が治める強国。8年前に北ピュリス王国を滅ぼし、併合した。

マギア王国
平和を好む名君ナサール王が統治する国。50年前にヒュブリデと交戦している。

レグルス共和国
エルフの治める国。住人はほぼ全員エルフで、学問が発達している。各国から人間の留学を受け入れている。

アグニカ王国
ヒュブリデの同盟国。

ガセル国
ピュリスの同盟国。

序章　グドルーン女伯《じょはく》

1

その馬鹿でかい正方形の浴槽《よくそう》は、白地に緑の藻《も》を細かくばらまいたような、薄緑色《うすみどり》の凝灰岩《ぎょうかいがん》でできていた。大理石と違《ちが》って、凝灰岩は滑《すべ》りづらい。

浴槽は広さ三メートル四方。四辺から中心に向かって階段状に下がっていて、三段目あたりにお湯の水面がある。浴槽というより、小さなプールである。四方どこから入っても、小さな段丘《だんきゅう》のおかげでゆっくりと浴槽の底、一番深いところに辿《たど》り着けるようになっている。

水面はほとんど赤と白の薔薇《ばら》の花で埋《う》まっていた。艶《つや》っぽい高貴な薔薇の香りがプールに満ちあふれている。そしてその薔薇いっぱいのお湯に白い背中を向けて浸《つ》かっているのは、長い緑髪《りょくはつ》の美女だった。緑髪――すなわち艶のある黒髪《くろかみ》である。見る者を吸《す》い込《こ》むような、艶々《つやつや》とした漆黒《しっこく》のロングヘアだ。しかも、髪《かみ》はしなやかで細く、お湯の中で扇状《おうぎじょう》に広がっていた。日本人の黒髪は金髪《きんぱつ》より一・五倍直径が太いと言われているが、彼女《かのじょ》の黒髪は細さが金髪と変わらないように見える。

「グドルーン様」

名を呼ばれて、緑髪の美女が浴槽から立ち上がり、身体《からだ》を向けた。お湯を身体から垂らしながら、ゆっくりと段を上がる。黒い美髪《びはつ》が背中の腰《こし》まで垂れ下がった。女は、公家《くげ》出身の姫《ひめ》のような、高貴さ溢《あふ》れる顔だちをしていた。黒い前髪《まえがみ》は横一直線に切り揃《そろ》えられている。長めに伸《の》ばした、顔の両サイドの横髪が耳を隠《かく》している。睫毛《まつげ》の長い切れ長の目は、緑色だった。アグニカ人の印である。アグニカ人と言えば金髪だが、黒髪なのはガセル人か、アグニカの西の隣国《りんごく》キルギアの血が入っているのだろう。自分のことを「わらわ」と言いそうな気品と顔だちである。

身長百六十八センチの身体は美しかった。双《ふた》つのお碗《わん》のような乳房《ちぶさ》が見る者に対して盛大《せいだい》に盛り上がり、挑発的《ちょうはつてき》に突《つ》き出している。大きさは推定アンダーバスト七十五センチのGカップ。下垂という言葉はない。ただ、乳首《ちくび》は陥没《かんぼつ》している。俗《ぞく》に言う陥没乳首である。胴体《どうたい》は締《し》まり、ウエストは細くくびれて豊満な下半身へとつながっていた。太腿《ふともも》は筋肉がしっかりしている。運動の得意な女らしい。腕《うで》も枝のように細くはない。鍛《きた》えている人間の身体だ。

かつて女王アストリカとアグニカの玉座をめぐって争った大貴族、グドルーン女伯だった。伯とは、伯爵のことではない。官職名である。重要な地域の地方長官のことを、伯というのだ。

「やはり辺境伯《へんきょうはく》はアグニカに来ないようでございます。ガセルだけを訪問するようでございます」

と侍女《じじょ》が告げる。辺境伯とは、隣国ヒュブリデの若い実力者、国務卿兼《こくむきょうけん》辺境伯ヒロトのことである。

「せっかく来たら、ボクがいたぶってやろうと思っていたのに。辺境伯とリンドルスは、ボクに断りもなく勝手に不届きな協定を結んだ悪党だからね。万死《ばんし》に値する」

と少し低めの、潤《うるお》いのある美声でグドルーン女伯が答える。驚《おどろ》いたことに、美女は自分のことを「ボク」と呼称《こしょう》した。

「精霊《せいれい》様はお慈悲《じひ》が深すぎます。あの二人こそ、真っ先にこの世から消すべきものですのに」

と主人の言葉に合わせながら、侍女が大きなタオルで身体を拭《ぬぐ》う。推定Gカップの半球形のふくらみにタオルを押《お》し当てると、むっちりした弾力抜群《だんりょくばつぐん》の半球がいやらしくたわんだ。男なら両手で味わいたい美球である。

「入浴中、ご無礼を」

　ときりっとした別の女の声がして、女騎士《きし》が部屋に入ってきた。金髪に緑色の目――アグニカ人である。

「シドナでガセル商人との間に乱闘《らんとう》が起きたとのことです。いつもの五倍の金額で山ウニを売ろうとしたとか。怪我人《けがにん》が出て、ガセル人は兵を呼びに行ったという報《しら》せが届いております」

「シドナ⁉」

　グドルーン女伯の黒い瞳《ひとみ》に険が浮《う》かんだ。シドナはグドルーン邸《てい》から馬で半時間走ったところにある、お膝元《ひざもと》の港である。女伯の声色《こわいろ》が変わった。

「すぐに馬の用意を。ボクの港で、勝手な真似《まね》は許さないよ」

2

　三階建ての三角屋根の商館が、大河テルミナスを睥睨《へいげい》するようにいくつも並んでいた。建物を正面から見ると、長方形の上に三角形がくっついている。三角形の底辺は長方形の横辺からはみ出していない。商人が仕事をし、宿泊《しゅくはく》する場所だ。

いつもなら陽気な賑《にぎ》わいに満ちあふれている商館の前では、今日ばかりは殺気立った怒号が飛び交《か》っていた。

「値下げするのなら今のうちだぞ！　おまえら全員ぶっ殺してやるからな！」

とガセル商人が叫《さけ》ぶ。黒髪の、浅黒い顔だちの男だ。

「こっちは取り決めにしたがって売ってるだけだ。売価の八割を山ウニ税としてあんたたちに返す。別に問題なかろう」

金髪碧眼《きんぱつへきがん》のアグニカ商人の言葉に、ガセル商人が怒鳴《どな》った。

「問題ありありだ！　頭腐《くさ》ってんのかよ！　なんでこの間の取引の五倍の値をつけるんだよ！」

「品薄《しなうす》でな」

とアグニカ商人がしれっと答える。その後ろには、アグニカの守備隊の兵士たちが並んでいる。何かあったらいつでも斬《き》るぞという構えである。だが、ガセル商人は怯《ひる》まない。

「嘘《うそ》つけ！　おれが算数ができねえと思うな！　五倍の値をつけりゃ、山ウニ税を払《はら》ったって、今までと儲《もう》けは変わらねえって算段だろ！　だから五倍に吊《つ》り上げてんだろ！」

アグニカ商人は眉《まゆ》を軽く吊り上げた。図星だった。

「気に入らないなら、取引はなしだ」

そうアグニカ商人が宣告した直後だった。

「おい、本気で来たぞ！」

別のアグニカ商人が河を指差した。大河テルミナスを、ガセルの軍用ガレー船がシドナ港に迫《せま》ってくる。乗船しているのは、もちろんガセル兵だ。二隻《せき》のガレー船に二百名以上の人間が乗り込んでいる。

「くそ、来やがった！　あんなにたくさん――――！」

怒鳴るアグニカ商人に、

「死にたくなきゃ値下げしろ！」

とガセル商人は叫んだ。

「うるせえ！　おまえら、ぶっ殺してやる！」

叫び返すと、アグニカ商人は事務所へ走った。武器を取るためである。代わりに、守備隊の兵士たちが緊張《きんちょう》した顔つきで互《たが》いを見合った。

守備隊の兵士は七十名。ガレー船で応援《おうえん》に駆《か》けつけた兵士はざっと見て二百名。分が悪い。上陸されれば、一気に攻《せ》め込まれる。

「来るぞ！　剣《けん》を抜《ぬ》け！」

隊長の声に次々と抜剣《ばっけん》の音がつづいた。ガセル商人たちが河の方へ走る。

た。

「迎撃《げいげき》～っ！」

隊長が走り出し、オオオッ！　と叫《さけ》び声《ごえ》とともに守備隊の兵士が接近する船へ走り出した。

軍用ガレー船が接岸した。

「死ねや～っ！」

隊長が真っ先に斬りかかろうとして踏《ふ》みとどまった。先頭の兵士は槍《やり》を構えていたのだ。

「死ぬのはおまえらだ～っ！」

ガセルの槍兵が突進《とっしん》した。わっとアグニカの守備隊が後退する。次々とガセルの槍兵が繰《く》り出し、横一列に並んだ。その後ろに、抜剣したガセルの騎士たちが勢ぞろいする。

「かかってこい、串刺《くしざ》しにしてやる！」

ガセルの隊長が煽《あお》り、うりゃあああっとアグニカの隊長が楯《たて》を前に突き出しながら突進を開始した。すぐにアグニカの守備兵もつづく。

うぉぉぉっとガセル兵の唸《うな》り声が響《ひび》き、槍がアグニカ兵に向かって突き出した。ついに両国の間で戦闘《せんとう》が始まったのだ。数カ月前に両国は通商協定を結んで平和への歩みを再開したばかりだというのに、もう平和は打ち破られる。きっとシドナ港は血で彩《いろど》られるだろう――誰《だれ》もがそう思った時、

「たわけ～～‼」

甲高《かんだか》い叫び声が両陣営《じんえい》の間に割って入ったかと思うと、一人の女騎士が突風《とっぷう》のように走り込んできた。

それは、まるで風だった。それも薔薇の香りがする風だった。薔薇の香りをまき散らしながら、双方《そうほう》の間を人間の疾風《しっぷう》が抜けた。遅《おく》れて鈍《にぶ》い音が七つつづき、槍先が七つ地面に落ちた。先端《せんたん》を切られたガセルの槍兵は、思わず間抜《まぬ》けな顔をして声を洩《も》らした。うへっ、げっ、いっ⁉　と妙《みょう》な声が連鎖《れんさ》し、七人が呻《うめ》いたところで風は止まった。

薔薇の香りを振《ふ》りまきながら妙な声を量産させた主は、長い黒髪の女騎士であった。切れ長の目で、睫毛が長い。前髪は上品に横一直線に切り揃えられている。

「港は命の取引をするところではないぞ！　おまえたち、ボクの港でいつから死の商《あきな》いをするようになった！」

と女騎士が鋭《するど》い声で叫んだ。二百名のガセル兵も、七十名のアグニカ兵も、女騎士一人に圧倒《あっとう》されている。

相手は女。

そう、薔薇の香りのする女だ。だが、ただの女ではない。女はまるで疾風《はやて》のようにやってきて、七人のガセル兵が持つ槍の先端を一瞬《いっしゅん》のうちに切り落としたのだ。

「両軍静まれ静まれ～っ！」

女騎士につづいて現れた、太い眉と黒い顎《あご》の無精髭《ぶしょうひげ》の巨漢《きょかん》の男二人が太い声で叫んだ。

「ここにおわすはアグニカ王家の血を引くグドルーン伯ぞ～～～～！　貴様ら、グドルーン伯のお膝元で無礼を働くつもりか～～～！」

グドルーン女伯の護衛の騎士の声に、少し遅れてガセル商人が吠《ほ》えた。

「高貴な方の港が、五倍も値段を吊り上げて暴利を貪《むさぼ》ろうっていうのか！　伯はただの金の亡者《もうじゃ》か！」

「貴様、無礼は――」

護衛の巨漢二人が剣を抜いた。だが、飛びかかる前に女騎士――グドルーン女伯が無言で手で制した。巨漢はまるで主人に忠実な犬のように黙《だま》った。主君の命令は絶対である。

「事情は聞いている！　でも、いかなる事情であれ、ボクの港を血で汚《よご》すことは許されない！　暴力で穢《けが》すことも許されない！」

女伯の言葉に、

「ならば暴利は許されるのか！」

とガセル商人が叫ぶ。巨漢の騎士二人が殺意を込めて睨《にら》みつけたが、グドルーン女伯はまたしても片手で護衛二人を制した。

「誰が許すと言った！　ボクの言葉はまだ終わってはいないぞ！　ガセル兵たちは、ぐだぐだ言わずに直ちに国へ帰れ！」

と睨みを利《き》かせた。戦意を挫《くじ》かれていたガセル兵たちが殺意を込めて睨んだ。だが、グドルーン女伯は涼《すず》しげに微笑《ほほえ》みで受け返し、

「といっても、君たちもこのまま帰ったんじゃ収まりが悪かろう。今日のところは、タダで山ウニを持って帰るがよい。金はこのグドルーンがすべて払おう」

ガセル商人の表情が、二百人のガセル兵の表情が、予想外の展開に虚《きょ》を衝《つ》かれて皆《みな》、目がまるく突き出した。遠くの雷《かみなり》のように、遅れてどよめきが起きた。

「い、いいのか……？」

とガセル商人が気押《けお》された声で尋《たず》ねる。

「ボクはこの地の王だよ？　王がよいと言っているんだ。土産《みやげ》にくれてやる」

女伯の答えに、ガセル商人は二百名の兵の方を見た。まだ半ば信じられない様子である。ガセル兵たちも、信じられないという様子で互いに顔を合わせて声を洩らしている。嘘だろ？　という声も聞こえている。

グドルーン女伯はアグニカ商人に顔を向けた。

「請求《せいきゅう》はボクに寄越《よこ》しな。今日はボクが払ってやる。その代わり、次にまた勝手な真似を

したら、このボクが許さないからね。暴利の代金は君の命で払ってもらうよ」

そう言うと、ガセル兵に顔を向けて声量を上げた。

「君たちも同じだよ！　また勝手に兵士を送《おく》り込んできたら、お土産代わりに君たちの命をもらうからね！　問題があった時には、女王ではなくこのグドルーンに言いな！」

そう言うと、背を向けた。無防備な背中に向かって斬りかかる者はいなかった。誰がこの地の支配者なのか、ガセル兵たちもわかっていたのである。

3

港の管理者と税関吏《ぜいかんり》と商人を呼んで厳しく叱《しか》りつけると、グドルーンは馬に跨《また》がった。馬に乗った高さから、港の方に顔を向ける。

すでに港の空気は血の予感に満ちあふれた喧騒《けんそう》の状態から、賑やかな陽気な和の状態に戻《もど》っている。ガセル兵たちはほぼ、ガレー船に乗り込んでいた。港にいるのはガセル商人とガセル人の荷役である。運《はこ》び込まれているのは、ウニのようにトゲトゲの表皮を持った、スイカ大の大きな緑色の実だ。山ウニである。大量の山ウニに、さすがのガセル商人の顔がほころんでいた。タダで仕入れることができたのだ。きっと本国へ戻って今日のことを話しながら酒を楽しむのだろう。

　ガセル商人が、グドルーンの視線に気づいた。丁寧《ていねい》にお辞儀《じぎ》をしてみせる。グドルーンはうなずいて、馬の腹を締めた。グドルーンの馬が進みはじめる。護衛の二人の巨漢が、すぐに馬を近づけてきた。

「さすがグドルーン様。ガセル兵ども、間抜けな顔をしておりましたな」

　と一人が言う。

「よかったんですか、あんな大盤《おおばん》振《ぶ》る舞《ま》いをして。ガセルが調子に乗って――」

　ともう一人が疑問を呈《てい》すると、グドルーンは真面目な顔を向けた。

「おまえも馬鹿だね。今、我《わ》が国《くに》がガセルと真正面から組み合っても勝てないんだよ。ガセルの後ろにはピュリスがいる。ガセルの王妃《おうひ》は、ピュリス王の実の妹だからね。ガセルと事を起こせば、ピュリス最強のメティス将軍がくっついてくる。リンドルスは阿呆《あほう》な男だけど、戦を知らぬ阿呆じゃない。そのリンドルスがどうなったか、忘れたのかい？　ガセルは侵略《しんりゃく》の機会を狙《ねら》っているんだよ。そんな時に、わざわざ狙っている獲物《えもの》をくれてやる馬鹿がいるのかい？」

　メティス将軍は、智将《ちしょう》で知られたピュリス王国の名将である。

「メティス如《ごと》きにおれたちは負けません」

と部下が答える。

「一対一ならそうだろうさ。おまえは互角《ごかく》に戦うさ。けど、個人の戦いじゃなくて、軍と軍の戦いなら？　ガセルとピュリスが束になって掛《か》かってきたら？　それも、指揮するのはリンドルスを一瞬で捕虜《ほりょ》にしたメティスだよ？　それでも絶対勝てるって言うのかい？」

巨漢は答えなかった。頭は決して悪くないが、荒《あら》っぽい方法の方が得意な男である。

「いつでも力で制圧すればいいわけじゃない。悔《くや》しいけど、今は我慢《がまん》するしかない」

そう絞《しぼ》り出したグドルーンの言葉に、

「しかし――」

部下の言葉をグドルーンは遮《さえぎ》った。

「見ているがいいさ。危窮《ききゅう》の時は最大の好機なんだ。きっとボクに時運が回ってくるよ」

4

時運のない者たちが、アグニカ王国の東の隣国、ヒュブリデにいた。

山の中の坑口《こうこう》だった。下には二本のレールが敷《し》かれ、側面と天井《てんじょう》を木で補強された、細長い形をした横穴がずっと奥《おく》までつづいている。松脂《まつやに》のランプを掲《かか》げながら先を進んでいる小さな男は、ベテランの先山採掘夫《さきやまさいくつ》、鉱夫長である。後ろの男は揚水係長《ようすい》――排水《はいすい》の責任者である。

鉱夫長が立ち止まった。縦穴に辿り着いたのだ。木の梯子《はしご》を慎重《しんちょう》に降りていく。縦穴の周囲は一面、茶色の土である。

ふいに周囲が広がった。だが、同時に男の足先が水面に着いていた。横穴は水で埋まっていたのだ。

「まずいな。ここも増えとる」

周囲を見回すと、

「だめだ！　水位が上がっとる！」

と上に向かって声を張り上げ、梯子を上った。

「また同じか？」

と揚水係長が尋ねる。

「見てきてみ」

その言葉に、揚水係長が梯子を下りていく。やがて呻き声が漏《も》れ、揚水係長が戻ってきた。

「だめだな……これは引かんな。あきらめるしかない」

二人はまた横穴に出てひたすら歩き、縦穴――坑口の垂直の梯子を上った。遙《はる》か先の小さな四角形の中に小屋の天井が見えた。巻揚機の軸《じく》も見える。天井はどんどん近づき、二人はふいに外に出た。

身なりのいい男たちが小屋の中で三人、並んでいた。背は鉱夫長よりも高く、恰幅《かっぷく》がいい。その男たちの周りに、坑夫たちの姿が見えた。他の縦穴を見てきた者たちだろう。

坑夫たちの後ろには、剥《む》き出しの土色と山が広がっていた。ぼた山も見える。巻揚機を覆《おお》う小屋といっしょに坑口も見える。普段《ふだん》なら明礬《みょうばん》石を運び上げている巻揚機を、白い包帯を巻いたミイラみたいな巨漢が回している。そのそばで、男たちが次々と届く革袋《かわぶくろ》をつかんで樋《とい》に泥水《どろみず》をぶちまけている。排水作業の真《ま》っ只中《ただなか》だ。

「どうだった？」

と三人の中で一番背の低い男――鉱区長が尋ねた。隣《となり》には鉱山管理人と鉱山支配人もいる。少し太っているのが鉱山管理人、さらに太って髭《ひげ》を生やしているのが鉱山支配人である。

大きな鉱山の場合、鉱山はいくつもの鉱区に分かれている。鉱区のトップが鉱区長である。いくつもの鉱区を抱《かか》える鉱山全体を管理するのが、鉱山管理人。そして鉱山運営のトップが、鉱山支配人である。階級で言うと、鉱区長より鉱山管理人の方が上、その鉱山管理人よりも鉱山支配人の方が上である。

「だめだ。水は引いちゃいない」

とベテランの鉱夫長は首を横に振った。

「またか……」

と鉱区長が呻く。またかと言ったことからすると、他の坑夫たちからも同じ報告を受けていたらしい。

「一カ月でなんとかならんのか？」

鉱山管理人の言葉に、今度は揚水係長が語気を強めた。

「一カ月でも二カ月でも無理でしょう。いっぱいいっぱいやって、逆に水が増えとるんです。放棄《ほうき》するしかありません」

「下にはまだいっぱいあるというのに――」

鉱山管理人が長く尾《お》を引く呻き声を上げて宙を見た。空は皮肉なほど青く晴れていた。とても心は青空ではない。

明礬石は金の鵞鳥《がちょう》だ。一つの鉱山でいくつもの金銀を生み出してくれる。その明礬石が――。

坑夫たちは沈黙《ちんもく》していた。だが、その顔は「だからだめだって言っただろ」という表情をしていた。だめかどうかは、現場の人間が一番よくわかるのである。

「引き続き排水しながら、今より範囲《はんい》を広げて採掘するしかあるまい」

と鉱山支配人が最終の結論で締めにかかった途端《とたん》、鉱区長が噛《か》みついた。

「昔掘《ほ》って見つからなかったから、今の範囲でやっとるんです！　明礬石は下にしかないんです！　横に広げたって見つかりませんよ！　ウルリケ鉱山は終わりです！」

鉱山管理人も鉱山支配人も答えなかった。皮肉な青空だけが、鉱山のトップたちの絶望の姿を見下ろしているだけだった。

第一章　明礬石

1

腰壁《こしかべ》の高い、濃茶《こいちゃ》色の梁《はり》と白い壁《かべ》の目立つ、高い天井の部屋に、三人の男が集まっていた。一人は中肉中背の親分肌っぽい五十代の男。一人は恰幅がよく、豪華《ごうか》なローブを羽織った精力的な感じの四十代の男。そしてもう一人は長く尖《とが》った耳を持ち、白いローブで細身の身体を纏《まと》った、少し細かそうだが、真面目な雰囲気の三十代の男だった。皆、ヒュブリデ人である。

中肉中背の五十代の男が、染物師の親方。恰幅のよい四十代の男が、ヒュブリデ国内の織元。三十代のエルフは諸国との交易を手がける商人だった。三人とも商売でつながった関係だが、今日はやけに神妙《しんみょう》な顔つきで互いに顔を寄せ合っていた。

「買い占《し》めたというのは本当なのか？」

と聞いたのは、三十代のエルフである。

「ウルリケ鉱山だけじゃない。他の鉱山の明礬石も、次々と買い占められている。もう値が上がりはじめてる。来月には三倍四倍では済まなくなる」

と四十代の織元が答えた。

「高級織物の需要《じゅよう》でも上がっているのか?」

とエルフが尋ねる。

「そんな話は聞いていない。でも、どんどん明礬石が買われている。向こう一年間を先物買いした者もいたらしい」

織元の答えに、

「確かなのか?」

とエルフは染物師の親方に顔を向けた。

「わしも少し出遅《でおく》れた。気づいた時にはもう二倍に上がっておった。慌《あわ》てて買えるだけ買ったが、どれだけもつか」

「なぜそんなに明礬石を買う? ウルリケ鉱山が――」

と言いかけたエルフを、織元がさえぎった。

「そのウルリケ鉱山が、出水でほとんど終わってるらしい。地下にたっぷり明礬石が眠《ねむ》ってたはずなんだが、ほぼ全域で出水が起きて、採掘が不可能になった。排水しようとしてるらしいが、うまくいっていない」

　エルフが目を見開いて沈黙した。ウルリケ鉱山は、ヒュブリデ国内で明礬石の最大の産出量と埋蔵量《まいぞうりょう》を誇《ほこ》る大鉱山である。

「それは確かな話なのか？」

「鉱区長から聞いたから間違《まちが》いない」

　エルフは難しい顔をして唸った。

「排水の目処《めど》は立っていないのか？」

「他の鉱山から技師を集めているらしいが、全然立っていない。皆、匙《さじ》を投げているらしい。鉱山支配人は近くで鉱脈が見つからないか探させているらしいが、ずっと前にも鉱脈探しはしてるんだ。それでも見つからなかった」

　つまり、今後も見つからないだろうということである。

「そうか。それで今日こうして集まったというわけか」

　とエルフが独り言のように言った。

「外国の明礬石も、できるだけ押さえておきたい。でないと、明礬石が馬鹿みたいに値上がりして、高級織物も煽りを食《く》らっちまう。そうなりゃ――」

　織元の言葉に、

「わしらも商売上がったりになっちまう。染めようにも、媒染剤《ばいせんざい》がないんじゃどうしようもない」

と染物師もこぼす。

ヒュブリデでは、水青《すいせい》という、大青《たいせい》の変種が採れる。美しい水色の高級染め物は、ピュリスやレグルスなどの近隣《きんりん》諸国の富裕層《ふゆうそう》によく購入《こうにゅう》されている。だが、それでも値上がりすれば、大量の買い控《びか》えが発生しかねない。

エルフが口を開いた。

「すぐにピュリスとレグルスに行ってみよう。ガセルにもマギアにもアグニカにも明礬石のよい鉱山はないが、ピュリスとレグルスにはある。大口で購入できないか、手を尽《つ》くしてみよう」

2

二週間後のことである。

三十代のエルフは、ピュリス王国中部の町、ハウシャに来ていた。少し埃《ほこり》っぽい通りに茶色い土壁《つちかべ》づくりの建物が並んでいる。茶色い土壁はピュリスの建築物の特徴《とくちょう》だ。木が少ないピュリスならではである。

　その町の一角、瀟洒《しょうしゃ》な黄色い壁の二階建ての建物の中に、エルフは通されたところだった。黄色い土壁の奥には中庭があり、回廊《かいろう》とともに建物が取り囲んでいる。回の字型の建物もまた、ピュリスの特徴だ。

　出迎《でむか》えてくれたのは、馴染《なじ》みのピュリス在住のエルフだった。相手は四十代、少し太っているが、いつも交易でピュリスを訪《おとず》れる時には訪問する。知り合ってもう十五年以上になる。

　エルフの男は顔馴染《かおなじ》みと抱擁《ほうよう》を交わした。

「ハリトス、元気そうで何よりだ」

「デキウスも元気そうで何よりだ」

　とヒュブリデのエルフ、ハリトスは頬《ほお》を緩《ゆる》めた。

「元気なのはいいのだが、腹に贅肉《ぜいにく》が増えてな。階段を上がるだけで息切れする。もうお迎《むか》えが近いかもしれん」

　とピュリスの太ったエルフ、デキウスが微笑む。肌《はだ》の黒い北ピュリス人の召使《めしつかい》が採りたての椰子《やし》の実のジュースを青いガラスのコップに持ってきた。ガラスのコップは、庶民《しょみん》が持てるものではない。デキウスの商売が繁盛《はんじょう》している証拠《しょうこ》である。

「疲《つか》れたろう。まあ、一杯《いっぱい》」

「お言葉に甘《あま》えて」

とハリトスは椰子の実のジュースを飲んだ。薄甘《うすあま》くて、身体に沁みる。ピュリス王国に入って、馬で急いで来たのだ。

「おお、忘れておった。これはいつもの」

とハリトスは美しい水色に染めた反物《たんもの》を取り出した。ヒュブリデに多く生える水青で染めたものである。大青も水青も、ともに高級衣料に使われる。

「おお、美しい……やはりヒュブリデの染め物はいい。特にこの水色が最高だ」

とデキウスは頬をほころばせた。頬が盛り上がって、目が笑《え》みで細くなっている。心の底から喜んでいるのだ。

「それから、こちらも」

とハリトスは紫色《むらさきいろ》に染め上げた反物を取り出した。

「おお……紫草《むらさき》で染めたものか。美しい……紫草はピュリスにはないのでな」

とデキウスの声のトーンが上がる。

「これはわたしも奮発せねばならん。おい」

とデキウスは北ピュリス人の召使を呼んだ。

「あれを持ってきてくれ」

召使はすぐに頭を下げて引き下がった。やがて戻ってきた時には、とびきりのワインを手にしていた。すぐに透明《とうめい》のガラスの杯《さかずき》にワインを注ぐ。

「すばらしい水色と紫色に」

とデキウスが言い、

「デキウス殿《どの》の腹の脂肪《しぼう》に」

とハリトスも冗談《じょうだん》を言って、杯を飲み干した。豊潤《ほうじゅん》な甘い香りとともに強いコクが広がった。渋《しぶ》みは非常に少ない。

「美味《うま》い……」

と思わずハリトスは口にした。ヒュブリデのワインは渋みが基調の大人の味わいだが、ピュリスのワインは甘みが基調で、飴色《あめいろ》の色合いをしている。かなり熟させてから仕込《しこ》むので、えてして蜜《みつ》のように甘くなりがちなのだが、ハリトスが飲んだものは甘ったるさがなく、非常に爽《さわ》やかな甘みのものだった。

「これは飲みやすい……」

とハリトスは驚嘆《きょうたん》の言葉をつづけた。

「気に入っていただけて何よりだ。今日はすばらしいものをいただいてしまったのでな」

とデキウスも笑顔《えがお》である。だが、少し真顔に戻って、

「ところで、明礬石を探されているというお話だったな」

と本題に入ってきた。

「急に入り用になってしまってな。たくさん手に入るのなら、是非《ぜひ》――」

「ハリトス殿のお願いだ。無下にはできまい。ただ――それほど多くは用意できぬ」

とデキウスは顔を近づけた。分量を聞いて、ハリトスの表情は曇《くも》った。二十反《たん》分ほどの分量しかなかった。到底《とうてい》、ウルリケ鉱山の損失分を補えるものではない。

「もっとたくさん手に入らないか？」

ハリトスの頼《たの》みに、デキウスは首を横に振った。

「最近景気がよくてな。ピュリスでも、高級の染め物の需要がぐんぐん増していて、明礬石は先物買いされている。もう一年分買っている染物師もいる。今、明礬石はピュリスで一番損をしない投資対象なのだ」

「他の鉱山に手を回して手に入れることはできないか？」

デキウスは同じように首を横に振った。

「ピュリス全土がそうなのだ。恐《おそ》らく、レグルスにも商人が行っているはずだ。ヒュブリデにも行ってると思うのだが――」

ハリトスは沈黙した。事態は絶望的だった。長年の友人が最大級の善意を向けてくれている。だが、ウルリケ鉱山の出水の損失を補えるものがピュリスでは手に入らないのだ。

（ピュリスがだめとなると、レグルスも……）

3

レグルス共和国は、エルフだけの国である。出向いたのは、ハリトスの二つ下の弟、ジギスだった。ハリトスの顔馴染、アガントスが応対してくれた。

「先日、最高執政官《しっせい》のコグニタス殿は、我が王に失礼な真似をされた。わたしは何とも思っていないが、挽回《ばんかい》をするまたとない好機ではないかと思うのだ」

とジギスはけしかけてみたが、

「もう少し早ければ、少しは分けてさしあげられたのだが……一週間前にピュリスの商人と契約《けいやく》をしてしまったのだ。一年の先物買いだった。すでに前金もいただいているゆえ、お断りすることができない」

ジギスは思わず脱力《だつりょく》した。

「ピュリスは好景気らしくてな、高級の衣服が飛ぶように売れている。それで大青の染め物や水青の染め物が売れているらしい。ヒュブリデでも、水青の染め物はピュリスから引っ張りだこではないのか？」

アガントスの問いにジギスは答えられなかった。事実と違《ちが》っていたからではない。まさしくその通りだったからだ。

（これでは兄上も、きっとピュリスで……）

第二章　染物師

1

冠《かんむり》をかぶった鷲《わし》の紋章旗《もんしょう》が、赤いベルベットの四頭立ての馬車の上ではためいていた。白馬に引っ張られた馬車の前後を、エルフの騎士と巨漢の騎士八騎《き》が護衛している。

非常に座《すわ》り心地《ごこち》のいい青色の座席に腰《こし》掛《か》けているのは、金糸と銀糸の入った白い絹のシャツの前を開けてワイルドに着こなし、紫色の糸と金糸の刺繍《ししゅう》が入った白いピチピチのズボン——ショース——を穿《は》いたミディアム丈《たけ》の金髪《きんぱつ》の二十歳《はたち》ほどの男だった。

ヒュブリデ王国の王レオニダス一世である。向かい合わせには青いチャイナドレスのバストを激しく隆起《りゅうき》させたミディアム丈の黒髪《くろかみ》の美女と、赤いチャイナドレスのバストをはちきれそうにふくらませ、ふっくらした丸い小鼻とふっくらした唇《くちびる》の三十歳《さい》近くの黒いセミロングの美女とが座っていた。青いチャイナドレスの美女が亡国北ピュリスの王族ラケル姫《ひめ》、赤いチャイナドレスの美女が枢密院《すうみついん》顧問官《こもんかん》に叙任《じょにん》されて間もないフェルキナ伯爵《はくしゃく》である。

三人で遠出をしての帰りだった。レオニダスは窓から王都の町並みを見ている。

「ラスムスはもう出発したのか？」

と突然《とつぜん》尋《たず》ねた。

「もうそろそろかと」

とフェルキナが答える。

「苦労するだろうな」

とレオニダスはつぶやいた。

「アストリカ女王は必ず協定の再締結《ていけつ》を言い出すでしょう」

とフェルキナが受ける。アストリカ女王とはアグニカ王国の女王のことである。

一カ月前、アグニカの使節として来ていた宰相《さいしょう》ロクロイが発《た》つ最終日に、レオニダスはヒュブリデとアグニカの先々王同士が締結した軍事互助《ごじょ》協定――互いに有事があった場合は助け合うという協定――を破棄《はき》すると宣言した。

アグニカの宰相ロクロイは猛烈に抵抗した。ヒュブリデの宰相パノプティコスは、先王モルディアス一世存命時に「有事とは、不当な理由で隣国《りんごく》に侵略されること。妥当《だとう》な理由や正当な理由での侵略は含《ふく》まれない。不当な理由でということならば、協定は存続する」

と宣言している。ロクロイは、先々王同士が結んだつながりは簡単に切るべきではない、少なくともパノプティコスの文脈での協定は存続すべきだと反論したが、レオニダスは首を縦に振らなかった。王子時代、リンドルス侯爵《こうしゃく》が軍事協定の確認《かくにん》に来たこと、その時ヒロトが破棄を献策《けんさく》して父王やパノプティコスに拒絶《きょぜつ》されたこと、レオニダス自身も破棄すべきだったと父親に噛みつき、枢密院顧問官の資格を剥奪《はくだつ》されたこと、そして父モルディアス一世が協定を破棄しなかったために、参加しても意味のない戦争に――アグニカVSガセル&ピュリスの戦争に巻き込《こ》まれたことを、レオニダスは忘れていなかった。

中世の国家では、条約や協定は政権の交替《こうたい》にかかわらず永続するものではない。王が代われば取り消されうる。そもそも、和平協定自体が一年や二年限定のものなのだ。

大法官は、ガセルとピュリスを牽制《けんせい》する上でも協定は残しておくべきではないかと主張した。軍事互助協定がなくなれば、ガセルは気兼《きが》ねなくアグニカに攻め入るだろう。そうなれば、ヒュブリデのすぐ隣をガセルが――ピュリスの同盟国が――支配することになる。国防的にはあまりよからぬことになる。そうならないようにするためにも、軍事互助協定は残しておくべきではないのか。

だが、大長老ユニヴェステルはこう反論した。軍事互助協定があってもガセルはピュリスと組んでアグニカに攻め入った。協定自体に抑止力《よくしりょく》があるとは言えない。むしろ協定は我が国を不毛な、不利益な戦いに巻き込むことになる。前回の反省を活《い》かして、破棄すべきだと。

そしてレオニダスは破棄した。投資の世界で言うと、損切りである。ロクロイはずいぶん抵抗《ていこう》していたが、いくら抵抗されてもレオニダスは考えを改めるつもりはなかった。ヒロトとも損切りすることで一致《いっち》していたのだ。

「ヒロトはいつ帰ってくるのだ？」

とレオニダスは顔を向けた。

「まだ出発されたばかりです。ご帰国は一カ月ほど先の話です」

ラケル姫の答えに、

「生意気な。遅《おそ》すぎる。死刑《しけい》だ」

レオニダスはお得意の死刑を言い渡《わた》した。フェルキナはラケル姫と顔を合わせてくすくすと笑い声を響かせた。

「何がおかしい」

「陛下は本当にヒロト殿がお好きなのですね」

フェルキナに言われて、

「好きなのではない。つまらんと言っておるだけだ。あいつがおらんと、会議がつまらん。

ジジイばかりで息が詰《つ》まる」

とレオニダスはわかりやすい嘘《うそ》をついた。嘘をつく時はいつもそうするように、顔を背《そむ》ける。またフェルキナとラケル姫が笑った。二人に嘘はバレバレである。

レオニダスはかまわず車窓を眺《なが》めていた。目の覚めるような美しい水色のワンピースドレスを着た女が歩いていく。

一人ではない。二人、五人……数えるだけで十人は水色の服を着た女がいる。高級な染め物である。

「水青か」

とレオニダスは、染め物の原料となる植物の名前を口にした。

「景気がよいとかで、水青で染めた服を着る女たちが増えているそうでございますよ」

とフェルキナが説明する。

「シルフェリス殿も購入されたそうです」

ラケル姫の情報に、

「何!?」

レオニダスは素《す》っ頓狂《とんきょう》な声を上げた。

「あの歩く説教女が!?」

2

エルフ長老会総本部の大長老室で、耳の上にだけ白髪を生やし、白い口髭《くちひげ》と顎鬚《あごひげ》を蓄えたきれいな卵形の禿げ頭の老人が、白い貫頭衣《かんとうい》を着て目をぱちくりさせていた。エルフの頂点に立つ男、大長老ユニヴェステルである。大長老の視線の先には、来客の女が立っていた。

ほとんど目が見えていないのではないかと思えるほど細い目とのほほんとしたほんわかした顔つき。黒いロングヘア。なのにバストとヒップは突《つ》き出してウエストがくびれた、めちゃめちゃわがままなボディを包《つつ》み込んでいるのは、足元まで伸《の》びた美しい水色のワンピースドレスだった。

ヒュブリデ王国精霊《せいれい》教会副大司教、シルフェリスである。王国の中枢《ちゅうすう》、枢密院《すうみついん》の顧問官でもある。

「あの……何か？」

問うたシルフェリスに、

「流行《はや》りものか？」

ユニヴェステルは軽く突っ込んだ。

「ち、違います！　青は神聖な色です！」

と思い切り狼狽《ろうばい》し、思い切り赤面してシルフェリスは答えた。頬はすっかり紅潮し、耳も赤くなっている。流行りものだから買ったのがバレバレである。

「街でも多く見かけるようになったな」

とかまわずユニヴェステルは指摘《してき》した。

「人は神聖を求めているのです」

とあくまでもシルフェリスは自分を正当化したいらしい。ミーハーだということは否定するつもりのようだ。だが、ユニヴェステルは突っ込むつもりがなさそうだった。

「染物師は忙《いそが》しくて手が回らんらしい。儲《もう》かって仕方がないと聞いた。織元も懐《ふところ》が温かくなっているようだな。ピュリスからも欲《ほ》しい欲しいという声がつづいているようだ」

「景気がよいのはよいことでございます。これも精霊様のお導きでございましょう」

とシルフェリスが宗教に寄せて答える。副大司教らしい答えである。声が落ち着いてきているのは、自分への突っ込みが終了《しゅうりょう》したからだろう。

「わしも品切れになる前に、二反、女人《にょにん》に贈《おく》った」

とユニヴェステルは真顔で告げた。シルフェリスは驚《おどろ》いて聞き返した。

「大長老様がですか⁉　どなたに？」

3

夜がヒュブリデ王国西部のサラブリア州に訪れていた。州都プリマリアのドミナス城の辺境伯《へんきょうはく》の部屋も、すっかり夜の暗がりが支配している。

窓は開けっ放しになっていた。月光が壁に架《か》けられた水色のドレスを映し出している。その近くのベッドでは、背中の翼《つばさ》を折り畳《たた》んだ赤毛のツインテールの美女が横向きになって寝転《ねころ》がっていた。

ヴァンパイア族氏族長ゼルディスの長女、ヴァルキュリアである。目はぱっちり開いているが、表情は暗闇《くらやみ》と同じく悲憂の闇《やみ》に塗《ぬ》り込められている。

ヒロトの部屋にいるのに、肝心《かんじん》のヒロトがいない。恋人《こいびと》のヒロトは旅の人だ。ヒュブリデ王国の使者としてガセル王国へ出発したのだ。今頃《いまごろ》、ガセルに上陸して王都へと案内されているのだろう。

三年半前にこのサラブリア州のど田舎《いなか》のソルム郊外《こうがい》で出会ってから、ほぼいっしょだった。だが――今回は一カ月以上の間、会えないことになる。

恋人なのに？

そう。恋人なのに。身体《からだ》を許した相手なのに。お互《たが》い好き同士なのに。なのに、一カ月もの間、離《はな》れ離《ばな》れになる。

せっかく大長老から素敵《すてき》な生地《きじ》をもらって、それで新しい服を仕立てたのに、肝心の見せる相手がいない。

（寂《さび》しいな……）

ヴァルキュリアは思った。せめてヒロトのベッドで寝《ね》てヒロトが残していったぬくもりを感じようと思ったのに、もうぬくもりはなくなっていた。ヒロトがいた痕跡《こんせき》も、気配も、匂《にお》いも、消えてしまっていた。代わりに冬の凍《い》てついた空気のように悲しく冷たい孤独《こどく》の感触《かんしょく》だけが重く残っていた。

（ヒロト……）

4

孤独の重みとは違う重みを、同じドミナス城の居室で長身の高校生は味わっていた。三年半ほど前に日本の堂心円高校《どうしんえんこうこう》から異世界へやってきた異世界《ディフェレンテ》からの人間、相田《そうだ》相一郎《そういちろう》である。トレードマークの眼鏡は外している。

相一郎は重さに苦しんでいた。眠っているのに、なぜか重いのだ。とにかく重いのだ。

（重い……なんでこんなに重いんだ……）

あまりの苦しさに、突然《とつぜん》相一郎は目が覚めた。暗がりの中でぼんやりと天井が見える。身体を起こそうとして、相一郎は動かせないことに気づいた。

（金縛《かなしば》り……⁉）

きっとそうだ。このヒュブリデ王国にも幽霊《ゆうれい》はいるのだ。そして自分は幽霊に襲われてしまった――。今まで心霊《しんれい》体験なんかなかったのに……。

霊ではなかった。身体にのしかかっていたのは、背中の翼を畳んで眠る幼いヴァンパイア族の娘《むすめ》――キュレレであった。相一郎の上に腹這《はらば》いになる形で眠っていたのである。長いツインテールは解いてある。

とんでもなく寝相《ねぞう》の悪いお姫様《ひめさま》であった。昼間は本、本とおねだりする物語大好きのヴァンパイア族のお姫様は、布団《ふとん》の上から相一郎に腹這いになっているのであった。しかも、届いたばかりの水色のドレスを着たままであった。水青で染めた高級品である。新しいドレスが気に入ってしまって、相一郎が皺《しわ》が入ると言っても聞かずにそのまま寝てしまったのだ。

「キュレレ、風邪《かぜ》引くぞ」

相一郎が話しかけると、キュレレがうっすらと目を開いた。童顔の垂れ目が相一郎を眠そうに見る。

「ほら」

キュレレが相一郎の上から移動して、相一郎のすぐ隣に潜《もぐ》り込んできた。相一郎の方に顔を向けて横たわる。

「本……」

と眠そうな声でもそもそと言う。

「読みたいのか?」

「ゲキカラ……」

ゲキカラとは、きっとガセルの港で食べた激辛《げきから》料理のことに違いない。キュレレは相当気に入っていた。相一郎も非常に好みの味だった。

「食べたいのか?」

返事はなかった。キュレレはもう目を閉じて眠っていた。かつて一万のピュリス兵を、三千のマギア兵を恐怖《きょうふ》に陥《おとし》れた最強の空の戦士も、睡魔《すいま》には無力であった。

相一郎は暗い天井《てんじょう》を見上げた。ドミナス城はサラブリア辺境伯ヒロトの居城だ。だが、主はこの城にはいない。

自分はずっと王国で最も西の州にいて、辺境伯の顧問官。ヒロトは国務卿《こくむきょう》兼辺境伯《けん》で、王都の中心的人物。否、このヒュブリデ王国の中心人物だ。国王レオニダス一世のナンバーツー、最も信頼《しんらい》される家臣である。この国を動かす人物と言ってもいい。

ずいぶん差がついた？

ずっと前はそう思った。何度も思った。だが、もはやここまで差が開きすぎると、かえって人は差を意識しなくなるものなのである。例えば、自分が年収四百万円で相手が年収六百万円の時には、彼我《ひが》の差を比較《ひかく》して懊悩《おうのう》する。相手の年収が千万円でも、やはり彼我の差を比較して唸《うな》る。だが、相手の年収が十億円になってしまうと、もはや差が開きすぎて呆《あき》れるしかない。凄《すご》いなとため息をつくしかない。圧倒的《あっとうてき》すぎる差は、人から比較や、比較による懊悩を取り去ってしまうのである。

相一郎の場合もそうだった。

ヒロトは国王に最も信頼される家臣。王国のナンバーツー。ピュリス軍のサラブリア侵《しん》攻《こう》を撥《は》ね返し、大逆転でピュリスとの和平協定締結に成功し、マギアの侵攻を弾《はじ》き飛ばし、四カ国でのヴァンパイア族の封《ふう》じ込めを空振《からぶ》りさせ、さらに不可能と思われたマギアとの賠償《ばいしょう》問題の解決にも成功した。栄光に次ぐ栄光に飾《かざ》られた人、国の英雄《えいゆう》なのだ。

それに対して、自分は地方長官の顧問官――。確かにヒロトの親友ではあるが、地方長官――辺境伯や州長官《しゅうちょうかん》――の顧問官は、王国内に百五十人から二百人はいる。自分はそのうちの一人にすぎないのだ。王国の中枢からすれば軽《かろ》んじられる人物にすぎないことは、ハイドラン公爵《こうしゃく》（今は爵位《しゃくい》を下げられてハイドラン侯爵）からの仕打ちで充分《じゅうぶん》理解した。

正直、ヒロトは別格だと思う。無二の存在だし、無双《むそう》の存在だ。自分が中学高校時代と、定期テストのたびにヒロトに成績を自慢《じまん》してマウントを取ろうとしていたのは、どうにもならない差があることをうすうす感じていたからなのかもしれない。その差が、現代の日本から異世界のヒュブリデに来て顕在化《けんざいか》した。そして影響圏《えいきょうけん》の拡大となって表れた。ヒロトは最初、ソルムの人々に対してだけ影響を与《あた》える人だった。だが、次はサラブリア州全体へと影響圏が広がり、次には王国全体、さらには近隣諸国へととてつもない範囲に広がりつづけている。

影響圏――他人に対して影響を及《およ》ぼせる影響可能な範囲――は、人によってきっと違っているのだ。影響圏が小さい人もいるし、大きい人もいる。自分は決して大きい人ではない。それが自分の限界だし、それが自分の定めなのだ。

自分が何かの中心になることはないだろうと相一郎は思う。会社でいえば、自分は何になるのだろう？　社長になれる人、副社長でストップする人、部長で終わる人、課長で終わる人といるが、自分はよくて課長だろう。部長の器ではない気がする。

　部活で言うと何になるのだろう、と相一郎は思った。部活ではエースになれる人、二番手になれる人、三番手の人、レギュラーになれる人、レギュラーになれない人とあるが、自分は勉強では間違いなくエースだった。何度も学年一番を取っていた。だが、勉強の一番は社会組織での一番を意味しないし、保証しない。社会組織で一番――社会組織の中心――になるためには、人の信頼を勝ち取ること、人をまとめること、素早《すばや》く決断できることが必要だし、さらに大きな社会組織の中心となれば、時代を見抜《みぬ》くこと、未来に対して方向性を示すことも必要だ。それらの素質は、勉強で一番であることによって生み出されるものでも保証されるものでもない。

　ヒロトには、人との信頼を築く力、人をまとめる力、素早く決断する力、人と時代を見抜く力がある。未来に対する方向性もある。いずれも、自分にはないものだ。

　でも――と思う。自分には何ができて何ができないかということ、すなわち自分の中のプラスとマイナス、長所と短所の分布具合を二十歳よりもずっと前の年齢《ねんれい》で知ることができたというのは、幸運なのかもしれない。若さとは、恐らく自分に何ができて何ができないか、能力のプラスとマイナスの分布具合を知らないことなのだ。その分布具合は能力の輪郭線《りんかくせん》、別の言葉で言うと自分の限界でもあるのだが、自分の限界を知ることは、実は幸せなのかもしれない。自分の限界がわからないから、人は迷い、苦悩《くのう》するのだ。

今の自分に迷いはない。苦悩もない。自分はただの顧問官。毎日キュレレに本を読み聞かせて、キュレレとどこかに行く。そういう日常をくり返す人――。でも、それが自分の限界であり、自分の道なのだ。

5

翌日の昼前――。

テルミナス河に注《そそ》ぎ込む支流沿いの工房《こうぼう》に、相一郎は来ていた。すぐ隣《となり》には水青で染めた美しい水色のドレスを着たキュレレと、いつものように赤い編み上げのハイレグ衣装《いしょう》かららバストをこぼれそうにさせているヴァルキュリアがいる。ウエストは思い切りくびれているのに、バストだけはロケットのように突き出している。惚《ほ》れ惚《ぼ》れするほどのナイスバディである。離れた場所にはネカ城城主のダルムールもいる。

今、水青が巨大《きょだい》な鍋《なべ》に投入されてぐつぐつ煮《に》られているところだった。鉢巻《はちま》きをした男たち二人が、長い棒で鍋を掻《か》き混ぜている。二人のうち、一人がリーダーらしい。表情が人一倍険しい。

鍋の隣には一段下がった形で細かな網《あみ》を載《の》せた鍋が用意してあって、これまた二人の男が待ち構えていた。上の鍋の二人よりは顔だちが若い。

「よし、いくぞ」

と鍋を混ぜていたリーダー格の男が言い、

「おいや」

と下の鍋の若めの男たちが答えた。鍋を掻き混ぜていた男たちが棒を引き上げて、鍋の横についているレバーを引き上げた。鍋が傾《かた》むき、熱湯が注いだ。ぐつぐつの熱湯が網目《あみめ》にこぼれ、ゴミが網に引っ掛《か》かっていく。きれいになった熱湯だけが下の鍋に落ちる。漉《こ》しが終わると、すぐに少年たちが鍋にかぶせてあった網を引き上げて、ゴミを取り除きにかかった。その傍《かたわ》らでは、棒で掻き混ぜていた男たちが別の鍋に水を入れて火にかけていた。水が沸騰《ふっとう》していく。もう一人が袋《ふくろ》を開いて中身をぶちまけた。白い粉がざ～っと落ちていく。明礬石《みょうばん》を焼成《しょうせい》して、粉々に砕《くだ》いてできあがった焼き明礬である。媒染《ばいせん》剤の一つだ。

染色《せんしょく》というのは、色をつければ永久に色落ちせずに固定化するわけではない。一部の藍《あい》染《ぞ》めを除いて、ほとんどは色が抜《ぬ》けてしまう。色が完全に定着してくれないのである。だが、媒染剤を使うと色が見事に定着してくれる。その媒染剤が明礬なのだ。明礬なくして染色は成り立たないのである。そして明礬は、明礬石から採れる。

男たちが焼き明礬を投入して媒染液をつくっている間に、別の男が糸の固まりを抱《かか》えてやってきた。いよいよ染色の作業開始である。

「入れていいか?」

とリーダーらしい男に聞く。

「もう温度が下がってるはずだ。入れろ」

男は糸の固まりを次から次へと放《ほう》り込んだ。下の鍋の前で待っていた男が棒でゆっくりと鍋を回す。糸がぐつぐつと煮込《にこ》まれていく。まるで糸の鍋である。その鍋の中で、糸が水色に変わっていく。だが、思ったほどまだ鮮明《せんめい》な、美しい水色ではない。

「おし、いけ」

リーダーの一声に、リーダーといっしょに水青の鍋を混ぜていた男が、媒染剤の入った液体をぶちまけた。満遍《まんべん》なく行き渡るように鍋を掻き回す。

充分《じゅうぶん》掻き回したところで、

「よし、引き上げろ」

男たちが玉網《たまあみ》で糸を掬《すく》いあげる。それからそのまま近くを流れる川に移動し、じゃぶじゃぶと盛大《せいだい》に洗う。川が水色に染まり、下流へと水色の流れが広がった。

「お～し、戻《もど》ってこい」

再び男たちが戻ってきて、また媒染液と水青から抽出《ちゅうしゅつ》した液体の混じった鍋に糸を投入する。またぐつぐつと煮る。

「おし、掬いあげろ」

と声をかけた。また玉網で掬いあげて、川に入ってじゃぶじゃぶと洗う。また水色が下流へと流れる。

男たちは戻ってきて、リーダーに玉網を差し出した。リーダーが糸を取り上げて一メートルほど手で伸ばした。

しっかり鮮《あざ》やかな水色に染まっている。リーダーが満足そうにうなずいた。きれいに染色できたらしい。

キュレレがきゃっきゃっと両手を叩《たた》いた。大きく目を輝《かがや》かせて、ぱちぱちと音を鳴らしている。厳しい表情をつづけてきたリーダーが、初めてキュレレに顔を向けて笑みを浮《う》かべた。染物師の地位はあまり高くない。人からリスペクトを受けることは少ないのだ。それゆえに、キュレレから拍手《はくしゅ》をもらったのがうれしかったのだろう。

「へ～え、こんなふうにして染めんのか～」

とヴァルキュリアも感心した様子である。相一郎も、声こそ洩《も》らさなかったが、感銘《かんめい》を受けていた。ヒュブリデに来て三年半。ヒュブリデの服を毎日着ているが、どんなふうに色を染めているのかは知らなかったのだ。ちょっとした社会見学、課外学習をした気分である。

男たちが染色した糸を干しはじめた。ダルムールはリーダー格の男に近づくと、小さな布袋《ぬのぶくろ》を握《にぎ》らせた。リーダー格の男は中身を確かめ、笑顔になった。思っていた以上の金額だったのだろう。

お金を渡し終えたダルムールが、相一郎たちに近づいてきた。

「では、参りましょう」

と先を促《うなが》して歩きだす。相一郎はダルムールと歩調を合わせて歩きはじめた。遅《おく》れてヴァルキュリアが、そしてキュレレがつづく。

「とてもいい経験になりました。あんなふうにして染めるんですね」

と相一郎はダルムールに話しかけた。

「染めた後は川の色が変わるんです。それで上流で別の者たちが違う色で染めると喧嘩《けんか》になりましてな。こっちが赤く染めようとしているのに、上流から青い水が流れてきては困りますからな。今は曜日で分けてます」

とダルムールが説明する。それから、ふいに顔を近づけて声を潜《ひそ》めてきた。

「実は、あの光景も見られなくなるかもしれんのです」

「見られない？」

と相一郎は聞き返した。

「国内最大の明礬石の鉱山が出水してこれ以上採掘《さいくつ》できなくなったという噂《うわさ》が流れてきていましてな。どうやら、噂ではなく本当らしいのです」

「出水？」

中世ヨーロッパでも、たびたび鉱山は産出量を減らしている。第一の原因は鉱脈が尽《つ》きたことだが、第二の原因は出水——水が出て採掘できなくなることである。

「ウルリケ鉱山で採掘できないとなると、ことは大事《おおごと》です。我《わ》が国《くに》の明礬は、半分はウルリケで採れていると言われておるのです」

「他の鉱山の採掘ペースを上げて補うってことは——」

相一郎の考えに、ダルムールは首を横に振《ふ》った。

「鉱山は地元の人間でなければ採掘できない決まりになっとるのです。そう簡単に人は増やせません。それに、新たに坑道《こうどう》を掘《ほ》るのにも時間が掛かります。他の鉱山で坑道を掘ったところで、ウルリケの代替《だいたい》にはなりません。ウルリケの明礬石は本当に良質でしたからな。明礬がたくさん含まれていて、しかもかなり白い」

「白い？」

と相一郎は聞き返した。

「焼成した時に凄く白くなるんです。あまり白くないものの場合、濃《こ》い地味な色に染め上げるのには向いとるんですが、明るい色には向かない。明るい色に染め上げるには、白いものがいいんです。つまり、水青染めや紫《むらさき》染めにはまさにおあつらえ向きってことです。そしてその白い良質の明礬石がウルリケはたくさん採れた。ウルリケ鉱山の良質で豊富な明礬が、我が国の織物を支えてきたのです。明礬が大幅《おおはば》に不足するとなると、水青の染め物があまりつくれなくなります。水青の染め物も軒《のき》並み値が上がるでしょう。水青の織物を売るのも難しくなりますぞ。余り高くなると、買い手が躊躇《ちゅうちょ》しますからな……」

事の重大さが、相一郎にもようやく呑《の》み込めてきた。ヒュブリデの水青染めの織物は、ピュリスでも人気が高い。重要な輸出品の一つとなっている。だが、明礬が不足すれば、明礬は大幅に値上がりし、それはヒュブリデの高級織物に対して価格の大幅な上乗せとなって響《ひび》いてしまう。そうなった時、売り上げにどのような影響が起きるか……。

「その話は、ヒロトには――」

相一郎の問いに、ダルムールは渋い表情で首を横に振った。

「まだ……。出発されてからわかったのです」

第三章　イスミル王妃《おうひ》

1

蝋燭《ろうそく》の灯《ひ》が、薄《うす》い緑色のカーペットを敷《し》いた床《ゆか》を照らしだしていた。その部屋は段丘状《だんきゅう》になっていた。ベッドに近づくにつれて木の段が一段、また一段と重なり、その上にベッドが置かれている。ベッドの後ろは緑色の壁《かべ》、ベッドの上は天蓋《てんがい》と緑のカーテンである。

ベッドに仲むつまじくぴったり身体を密着させて腰掛けているのは、神経質な細身の髭《ひげ》面《づら》の男と、小柄《こがら》な小顔の美女だった。

男は身長は百七十五センチほど、細身の身体を紫色《むらさきいろ》の一枚布で覆《おお》って金色の帯を腰《こし》で締《し》めている。黒髪は短めで、目は二重まぶた。鼻筋が通っている。ただ、鼻頭《びとう》は大きくない。

女は小柄だった。白い透《す》けるようなドレスから豊かな胸を突き立たせている。推定Eカップ——日本のブラサイズで言えばE70あたりか。ミディアム丈の黒髪が小顔に掛かっていて、つぶらな瞳《ひとみ》とツンと尖《とが》った小さな小鼻がコケティッシュな愛嬌《あいきょう》を振りまいていた。

大粒《おおつぶ》の白い真珠《しんじゅ》のネックレスが首元を飾っている。

ガセル王国パシャン二世とその妻イスミル王妃である。イスミル王妃は、ピュリス王の実の妹だ。九年ほど前にガセルに嫁《とつ》いでそろそろ三十三歳になるが、二十五歳にしか見えない。美魔女《びまじょ》である。ヒュブリデの大使ヒロトの訪問を前に打ち合わせをしようというので、王妃が王の寝室《しんしつ》にやってきたのだ。

「シドナの件、解決したけど、わたしは信用していません。きっとアグニカはまたやりますわ」

とイスミル王妃が言う。かわいらしいころころした声だが、声の底に芯《しん》の強さを感じさせる。

「余もそう思っている」

とパシャン二世は同意した。すぐにイスミル王妃が言葉をつづける。

「そのうちまたアグニカと戦うことになるでしょう。問題はヒュブリデです。一番よいのは、ヒュブリデと軍事同盟を結ぶことです。そうなれば、アグニカに対して何よりの牽制になります。シドナのこと、お聞きになったでしょ？　アグニカは信用できません。また不当に値段を吊《つ》り上げて暴利を得ようとします。でも、我が国の後ろにヒュブリデがついたとなれば、アグニカの商人もそう悪さはできなくなりますわ」

「だが、ヒュブリデは同盟は結ばぬだろう。王族のハイドランは、リンドルスの姪《めい》と結婚《けっこん》している」

とパシャン二世は悲観的である。

「ハイドランはもう散りました。あの者は王にはなりません。それに、アグニカとの互助協定は破棄したみたい」

「しかし、ヒュブリデにとっては隣国だ。そう無下にはできまい」

とやはりパシャン二世は悲観的である。

「レオニダスはアグニカを嫌《きら》っていますのよ。なんでもリンドルスは、王子時代のレオニダス王に暴言を吐《は》いたのだとか。ヒュブリデがアグニカと同盟を結ぶ可能性はありません」

「しかし、我が国と同盟を結ぶとも言えぬ。恐《おそ》らく結ばぬだろう」

と妻の説明にパシャン二世は悲観をかぶせた。

「だからこそ、アグニカと同盟は結ばないという言質《げんち》を得るのです」

「与えるかな……辺境伯《へんきょうはく》は智慧者《ちえしゃ》だぞ」

とパシャン二世は懐疑的《かいぎてき》である。

「でも、不当な値上げに対しては許さないという言質はもらえるのではありませんか？」

妻の言葉に、パシャン二世は黙《だま》った。可能かどうか、考えているらしい。

「アグニカに言っても効果があるかどうか。値上げをしているのは、グドルーンの領地だぞ。グドルーンは――」

「ええ、わかっています。でも、アストリカには効果があるのでは？」

とイスミル王妃が明るい優《やさ》しい声で、懐疑的な夫に畳みかける。アストリカはアグニカの女王である。パシャン二世はまた沈黙《ちんもく》して、しばらくして妻に尋《たず》ねた。

「それで、辺境伯はいつ？」

「ドルゼルが明日連れてくるはずですわ」

2

胸の分厚い、肩幅《かたはば》の広い浅黒い肌《はだ》の男が、正方形の形に並べられたソファの一角にどっかと腰を下ろして寛《くつろ》いでいた。黒い前髪《まえがみ》を額の左側で七三に分けている。眉《まゆ》は一直線で、青い双眸《そうぼう》にまっすぐの鼻筋、彫《ほ》りの深い顔だちをしている。唇は薄めだが、薄情《はくじょう》な顔ではない。

ガセル王国顧問《こもん》会議の一人、ドルゼル伯爵《はくしゃく》である。顧問会議は、ヒュブリデで言う枢密《すうみつ》院《いん》会議だ。国王の諮問《しもん》機関である。

ドルゼル伯爵に対して九十度で面する形で、館の主が座《すわ》っていた。赤いまる鼻で、顔も腹もでっぷりと太っている。だが、豊満な贅肉《ぜいにく》とは逆に頭髪《とうはつ》は貧弱《ひんじゃく》である。側頭部にのみ頭髪を残して、あとは全滅《ぜんめつ》である。

エランデル伯爵だった。今夜の宿の提供者である。

「噂には聞いていたが、想像以上に若いな。本当にあの若造がヒュブリデの中心人物なのか？」

とエランデル伯爵はドルゼル伯爵に尋ねた。

「疑われるのも無理はない。わたしも初めて会った時は若いと思った。だが、メティス将軍を説得していく様は、見ていて言葉を失うばかりだったぞ。見事だった。彼《かれ》は武人ではないが、心は武人だ」

「それにしても若い」

とエランデル伯爵はくり返して視線を下げた。深く考える時、人の視線は自然に少しだけ下がる。伯爵も同じだった。しばし黙考《もっこう》して、エランデル伯爵は視線をドルゼル伯爵に戻して、

「ヒュブリデがアグニカとの同盟を破棄したというのは本当なのか？」

「互いの有事の際に兵を送り合うという軍事協定は、レオニダス王が破棄《はき》した。アグニカ

は慌《あわ》てているだろう」

エランデル伯爵はうなずき、

「密偵《みってい》は配置してあるのか？」

と尋ねた。ドルゼル伯爵はうなずいた。

「重要なことはつかめたか？」

とエランデル伯爵がさらにドルゼル伯爵に質問を重ねる。

「そのことなのだが――」

3

エランデル伯爵の城館の一室で、蝋燭の灯の中、ベッドの上で二つの影《かげ》が揺《ゆ》れていた。一つの影はベッドに横たわり、その上にもう一つの影が跨《また》がって弾《はず》んでいた。豊かな乳房《ちぶさ》が、揉《も》みしだかれたまま手の中でバウンドする。

「うぁっ……エクセリス……」

呻《うめ》いた男――ベッドに寝転がっていたのは、ヒュブリデ王国のナンバーツーに昇《のぼ》りつめた国務卿兼辺境伯、清川《きよかわ》ヒロトであった。騎乗《きじょう》位で跨がって激しく身体《からだ》をバウンドさせているのは、ヒロトの書記にしてエルフの美女、エクセリスであった。上下動のたびに、解いた金髪《きんぱつ》がぱさぱさと跳《は》ねている。

「もうだめ……」

とヒロトが呻く。

「はぁ……はぁ……危窮《ききゅう》の時は……最大の好機じゃないの……？」

とエクセリスが息を荒《あら》らげ派手にヒップを弾ませながら、意地悪に尋ねる。

「危窮の時は危窮の時……うっ……！」

ヒロトの腰が激しくふるえ、痙攣《けいれん》した。エクセリスが動きを止めて、くすっと微笑《ほほえ》んだ。愛《いと》しい人を満足させた喜びに、唇《くちびる》が自然にやさしい三日月の形をつくる。

「ごめん……」

「いいの♪」

とエクセリスは身体を密着させてきた。ヒロトの手を楽しませていた半球形の豊満なふくらみがヒロトの裸《はだか》の胸に接地してたわむ。豊満さたっぷりの、やわらかさと弾力《だんりょく》豊富な大人の爆乳《ばくにゅう》である。ヒロトがゾクッと身体をふるわせた。胸の感触が気持ちよかったらしい。

「こうしてあなたとしていること、聞かれてるかしら」

とエクセリスが小声で囁《ささや》いた。

「聞かれてると思う?」

「きっと壁の向こうに小部屋があって、密偵が潜んでいるはずよ。わたしたちがどんな会話をしているか、探《さぐ》っているはず」

「『王様の耳はロバの耳!』って叫《さけ》んだ方がいいかな」

エクセリスが笑う。

ヒロトたちヒュブリデの使節がガセル王国に入って約十日。たっぷりともてなしを受けながら、王都に向かっている。明日には王宮に到着《とうちゃく》である。

「きっとこう報告されているんだろうな。辺境伯は好き者でございます。そしてすぐに果てます」

エクセリスがまた笑う。

「もしかすると、ガセルだけじゃなくてアグニカの密偵も聞き耳を立ててるかも。グドルーンが知ったら、きっとあなたのことを馬鹿にするでしょうね。あなたのこと、嫌ってるから」

とアグニカの女のことをエクセリスは口にした。

「山ウニ税絡《がら》み?」

「ええ。ほとんどの山ウニはグドルーンの領地で採れるの。リンドルス侯爵《こうしゃく》があなたの提案に乗ったのは、きっと政敵の収入を減らせると思ったからだわ」

ヒロトは答えなかった。あの時、リンドルス侯爵が山ウニ税に対して強行に反対しなかったのは、そういう裏があったのだ。

「おれ、そんなに嫌われてる？」

「ええ、間違《まちが》いなく。でも、心配しないで。ガセルの王と王妃はあなたのことを好きだと思うわ。美女もいっぱい用意してくれてたりして」

とエクセリスが冗談《じょうだん》を言う。

「エクセリス以上の美人はいないよ。ヴァルキュリアとミミアとソルシエール以上の美人もいない」

エクセリスはうれしそうに微笑んで、ヒロトに唇を押《お》しつけた。

「イスミル王妃は美人なのよ。しかも、頭が切れる。あなた、負けちゃうかも」

ヒロトは苦笑《くしょう》した。

（そんなわけない）

4

翌日、石畳《いしだたみ》の街道《かいどう》をヒロトは馬に跨がって進んでいた。少し前までは土だけの道でところどころ穴ぼこが空いていたのだが、しっかり舗装《ほそう》されている。そのことからしても、王都が近いことがわかる。

ヒロトの背中には、青く染めたワンピースを身に着けたミディアム丈《たけ》の金髪の娘が跨がっていた。二房《ふさ》の金髪はビーズで結んである。青い目がぱっちりと開いて、かわいらしい顔だちである。ミイラ族にしてヒロトの世話係、ミミアである。

ヒロトのすぐ隣には、黒馬に跨がってドルゼル伯爵が並んでいた。ガセル王はヒロトの迎《むか》えに、ヒロトと何度も面識があって関係のよいドルゼル伯爵を選んでくれたのだ。

ヒロトの後ろにはヒュブリデ王国のエルフの騎士《きし》が、ドルゼル伯爵の後ろにはガセルの騎士がつづいていた。ソルム時代からの知り合い、肩幅の広いエルフの騎士アルヴィも馬に跨がっている。衛兵の後ろには家臣と荷物持ちと荷馬車が長い行列をつくっている。黒いロングヘアを背中に垂らし、真面目そうな眼鏡を掛け、ツンツンに上向きのオッパイを尖らせた緑色のワンピースの巨乳《きよにゆう》少女、ソルシエールの姿もある。

ヒロトも、これだけの長い行列を伴《ともな》っての旅は初めてである。行列の長さに、自分は本当に出世したんだなと感じる。

前方にはなだらかな丘《おか》が見えていた。緑に覆われたゆるやかな斜面《しゃめん》が、青空へと向かっている。まるで丘陵《きゅうりょう》が青空を切り取っているように見える。

「ようやくここまで参りました。我が王も、我が妃殿下《ひでんか》も、首を長くしてお待ちでしょう。あの丘を越《こ》えれば、宮殿《きゅうでん》です」

とドルゼル伯爵が明るい表情で言う。ネメド港で迎えを受けて以来、十日あまり。ドルゼル伯爵とはずっといっしょである。

伯爵とはお互いの家族のことも話した。ヒロトが元の世界の両親のことを話すと、伯爵は興味深そうに聞いていた。ドルゼル伯爵には子供が三人いるらしい。上の二人が女の子で、一番下が男の子。なぜか上の二人の姉が剣《けん》遊びが好きで、末っ子の弟は花が好きらしい。武人のドルゼル伯爵は困っているそうだ。今度、是非《ぜひ》家に遊びに来てくださいと言われた。ネメド港よりテルミナス河を遡《さかのぼ》った西にドルゼル伯爵の領地があるらしい。

驚《おどろ》いたのは、お互いの好みの女が同じということだった。ヒロトも巨乳好き、そしてドルゼル伯爵も巨乳好きだったのだ。妻はかなりの巨乳だそうだ。

《女はやはり乳です！》

とドルゼル伯爵は強調していた。ガセルでは巨乳はそれほど多くないそうだ。だから、ヒュブリデはとてもいいという話もしていた。ヒロトと関係のあるヴァルキュリアもミミアもソルシエールもエクセリスも、皆巨乳《みなきよにゆう》である。

「我が王はあまり話すのは得意な方《かた》ではありません。最初は無愛想だな、とっつきづらいなと思うかもしれませんが、お気になさらずに。妃殿下はとても明るい方《かた》です。よくお話しになります」

とドルゼル伯爵が説明する。

「お会いできるのが楽しみです」

とヒロトは答えた。

「宴《うたげ》も用意してございますので、お楽しみに」

「また辛《から》いの、出てくる？」

「もちろん。ヒロト殿《どの》に出す分には辛さを抑《おさ》えますので、ご安心を」

ヒロトは苦笑いを浮かべた。ガセル料理は、大辛子《からし》を使った激辛の料理が有名である。大辛子はヒロトの世界で言う唐《とう》がらしの激辛バージョンだ。ガセルの料理は美味《おい》しいのだが、大辛子を効かせてあるものが多い。あまりに辛いのが出てくると先が進まなくなる。

「ミミアは辛いの、平気？」

ヒロトは、後ろから気持ちいいオッパイを押しつけているミミアに少し顔を向けた。

「はい……美味しいです……」

どうやら、この世界の人は辛さに強いらしい。ヒロトだけが弱いようだ。

（ガセル王との謁見《えっけん》は、辛口《からくち》になるかな……？）

ヒロトはちらりと思った。

そうはなるまい。ガセル王妃イスミルは、ヒュブリデに対してルビーを埋め込んだ金の鍵《かぎ》を贈った。

是非、この鍵で開けに来てほしい。

そういう熱烈《ねつれつ》なラブコールだった。ガセル国は、ヒュブリデに対して——特にヒロトに対して——好感を懐《いだ》いている。

理由ははっきりしている。ガセルとアグニカは、交易上のトラブルを抱えていた。ガセルの貴族たちは、子供の健康を祈願《きがん》して山ウニという大きな実をくり抜いて儀式《ぎしき》に使う。その山ウニがガセルでほとんど採れなくなってしまったのだ。あったのはアグニカだった。アグニカの山ウニに高い値がつき、支払《しはら》いに使われた銀が大量にガセルからアグニカに流《なが》れ込《こ》んでガセルは銀不足を引き起こした。それで両国は険悪な関係に発展、ガセル軍はピユリス王国のメティス将軍の支援《しえん》を受けて、アグニカのリンドルス侯爵邸《こうしゃくてい》に攻め込んだのである。リンドルス侯爵は捕虜《ほりょ》となったが、銀不足の是正《ぜせい》に対して一向に歩みだそうとはしない。その時、乗り込んでガセルとアグニカの間に通商協定を結ばせ、銀不足の問題を解決させたのがヒロトだった。その時決定された山ウニ税は、今もなお課されている。

両国は平和を取り戻したが、火種はまだくすぶっているだろう。戦争にまで発展した両国が、通商協定一つで永遠の平和へと歩めるはずがない。恐らく、両国はまた衝突《しょうとつ》する。ガセル国もそれは了解済《りょうかい》みだろう。その上で、衝突後、戦争を開始してもヒュブリデがアグニカの味方につかないこと、できればガセルの味方に回ることを期待しているのだ。期待しての歓待《かんたい》なのだ。

ガセルに味方すると公言する？

まさか。

険しい山を挟《はさ》んでヒュブリデと隣接《りんせつ》しているのは、ガセル王国ではなくアグニカ王国である。アグニカと敵対関係になってよいはずがない。だが、必要以上にアグニカと親密になることも避《さ》けねばならない。アグニカもまた、ガセル同様、ヒュブリデとの強い同盟を望んでいるのだ。強い同盟――すなわち、軍事同盟である。

アグニカもまた、ガセルとの戦争を覚悟《かくご》している。ガセルと戦えばピュリスが参戦することも覚悟している。アグニカ一国でガセルとピュリスの二国を相手に戦うのは厳しい。下手をすれば、国土を東西に分割《ぶんかつ》される。東半分はガセル領ということにもなりかねない。つまり、ヒュブリデの西隣《にしどなり》にガセル国が成立することになるのだ。そしてガセル国の王妃はピュリス王の妹――。

アグニカがガセルに国を奪《うば》われることはあってはならない。ガセルに味方すると宣言すれば、アグニカの東半分はガセル領になる可能性が高まってしまう。ガセルに味方するという言質をガセル王に与えるわけにはいかないのである。

しかし、だからといってヒュブリデがアグニカと軍事同盟を結ぶわけにもいかない。アグニカとの軍事同盟は、実あるものではない。利するのはアグニカであり、ヒュブリデに利益は少ない。しかも、アグニカと軍事同盟を結べば、ヒュブリデはガセルと敵対することになる。それは必然的にピュリスとの和平を崩《くず》し、ピュリスとの対立を生み出してしまう。両国の和平協定が崩れてしまうのだ。ヒュブリデとアグニカが、ガセルとピュリスとに対して争うなどという事態を招くわけにはいかない。

ガセルとも仲良くしつつ、アグニカとも疎遠《そえん》にならないようにする。そして、アグニカがガセルに領土を奪われないようにする――。

微妙《びみょう》なバランスである。だからこそ、ヒロトが使者として派遣《はけん》されたのだ。

王宮での滞在《たいざい》予定は一週間から十日。その後、ヒュブリデへ帰国することになる。それまでの間に大使としての任務を果たさねばならない。

（ガセル王に悪いイメージは与えたくない。ガセルとの友好関係は深めたい。でも、軍事

同盟は結ばない。アグニカ侵攻《しんこう》に対しても釘《くぎ》を刺《さ》さなきゃいけない）

ヒロトは心の中で唸《うな》った。

（正直、曲芸だぞ……）

5

細長いプール沿いに、白いアーチの廊下《ろうか》がつづいていた。明るい日差しがプールに注ぎ込んでいて、ヒュブリデとは別世界である。中東の避暑地《ひしょち》を訪《おとず》れたような気分だ。

ヒロトたちは廊下を抜けて、宮殿の建物に入った。建物の中は少しひんやりとしている。無数のアーチが宮殿内《きゅうでんない》を飾《かざ》っている。そしてそのアーチの通路を抜けて、大広間に辿《たど》り着いた。深紅《しんく》の絨毯《じゅうたん》に深紅の壁。その壁に立つ、鎧《よろい》の騎士たち――。

深紅の絨毯の最果てに、五段に設けられた台座の上に玉座が二つ並べてあって、その玉座に神経質そうな髭《ひげ》の中肉中背の男と、小顔の美女が座っていた。ガセル王国パシャン二世とその妻イスミル王妃である。

ヒロトは五メートル手前で立ち止まり、跪坐《きざ》した。ドルゼル伯爵も並んで跪坐し、王に報告した。

「陛下、妃殿下、ヒュブリデ国国務卿《こくむきょう》兼辺境伯《けん》、ヒロト殿をお連れいたしました」

ヒロトはさらに深く頭《こうべ》を垂れた。

「もっと近う寄れ」

パシャン二世が促し、ヒロトは三メートル手前に近づいた。はっきりと二人の顔がわかる。だが、すぐにヒロトはまた頭を垂れた。

「そうへりくだらなくてよいのですよ。そなたは客人です。面《おもて》を上げなさい」

と優しい声音《こわね》でイスミル王妃が告げた。ヒロトは顔を上げ、しっかりと二人の顔を見た。

やはり、国王パシャン二世は神経質な感じだった。不安を抱え込んでいるように見える。警戒心《けいかいしん》も強そうな顔だ。人付き合いが得意そうな人には見えない。

だが、イスミル王妃は真逆の人のようだった。人付き合いが得意で、とても明るく、ポジティブな感じがする。だが、眉間《みけん》と目は緩《ゆる》んでいない。きっちりした雰囲気《ふんいき》がある。きっと知性のある、聡明《そうめい》な女性なのだろう。エクセリスが頭が切れると表現したのは、間違ってはいない。きっとエクセリスも、護衛のアルヴィも、ヒロトの後ろの方で二人を確認《かくにん》しているだろう。

「ガセルの光、ガセルの誉《ほま》れ、ガセルの獅子《しし》、パシャン王とガセルの秘宝にして美しき女獅子、イスミル王妃に謁見賜《えっけんたまわ》るために参りました、ヒュブリデ国国務卿ヒロトでございます」

とヒロトは挨拶《あいさつ》した。

「堅苦《かたくる》しい挨拶もお世辞もよいのです。わたしはそなたに来てほしかったのです。そなたに会いたかったのです。ね、あなた」

とイスミル王妃が夫に顔を向ける。パシャン二世がうなずく。妻が先に答えているところを見ると、ドルゼル伯爵の言う通りパシャン二世は答弁は苦手らしい。あまり人付き合いは得意ではないのだろう。それで余計に神経質な顔をしているのかもしれない。

パシャン二世がイスミル王妃に顔を向けた。

「若いな」

と小声が聞こえた。もっと年上の人間を想像していたようだ。

「あなたの方がもっと若いわ」

とイスミル王妃が冗談を言う。パシャン二世の唇が笑いに歪《ゆが》んだ。表情が一瞬《いっしゅん》崩《くず》れる。妻には笑顔《えがお》を見せるタイプの人らしい。

「それに、わたしの方がもっと若い」

さらにイスミル王妃が冗談をつづけると、

「おまえはいつでも若い」

とパシャン二世は優しい表情になって答えた。ヒロトに対する神経質な表情からはまるで予想できない、打ち解けた表情だった。二人はまるで新婚《しんこん》のように仲がよいと聞いていたが、本当に仲がいいようだ。パシャン二世がヒロトに向ける時の眼差《まなざ》しと、イスミル王妃に向ける眼差しが違《ちが》いすぎる。他人への眼差しと、親密な、愛すべき者への眼差し――。パシャン二世は、隣国《りんごく》から嫁いできた妻を本当に愛しているようだ。そして、隣国から嫁いできた妻も、夫のことを愛している。

イスミル王妃がヒロトに顔を向けた。

「そなたの活躍《かつやく》は聞いておりますよ。わたしが特に感銘を受けたのは、山ウニ税です。アグニカは不当に値段を吊り上げて暴利を貪《むさぼ》っていました。わたしたちも決して無知ではないのです。七割、八割引き下げても利益が出るものを、八割も引き上げて売っていたのです。山ウニが我が国では少量しか採れなくなって、他にアグニカしか採れる場所がなくなったということを利用して――。でも、そなたが山ウニ税を結ばせた。撤退《てったい》準備金も考案して、そなたが我が国に銀をもたらしました。そなたは我が国にとって幸せの使者です。陛下もそう思っていらっしゃいます」

とべたぼめする。正直、くすぐったい。ヒロトは冗談で答えた。

「パシャン王、イスミル王妃。自分は実は謎《なぞ》解《と》きに参ったのでございます。先日手に入れた鍵で開ける穴が、我が国では見つからないのです。正直、困って入る穴を探しております」

イスミル王妃が朗《ほが》らかな笑い声を立てた。その場が明るく弾《はじ》けるような、楽しそうな笑い声である。きっとガセルの家臣たちは王妃の笑い声に毎日癒《いや》されているのだろう。パシャン二世も無言で笑っている。

先日手に入れた鍵とは、ドルゼル伯爵からイスミル王妃からのものだと手渡された金の鍵のことだった。

この鍵を持ってガセルに来なさい。ガセルに来れば、この鍵で開けられるものをそなたに贈《おく》りましょう。そういう無言のメッセージだった。

「穴に入ってはなりませんよ。そなたには助かる希望があります」

イスミル王妃が手を叩いた。シースルーの袖《そで》の長いドレスを羽織った小麦色の肌のガセル美女が二人、エメラルドとサファイアを埋《う》め込んだ宝箱を持って姿を見せた。箱自体がすでに宝物である。

「さ、開けてみなさい」

ヒロトは首を傾《かし》げてみせた。

「イスミル王妃。穴が小さすぎて入れません」

またイスミル王妃が明るい朗らかな笑い声を弾けさせる。パシャン二世がついに、小さく笑い声を立てた。ヒロトの冗談にウケてくれたらしい。

「穴は入る場所ではありませんよ。鍵を入れる場所です」

ヒロトはイスミル王妃からもらった鍵を取り出した。穴に鍵を突《つ》っ込む。

カチッと音が鳴った。

箱を開けると、途端《とたん》に自動でメロディが鳴りはじめた。円形のテーブルに女の乗った馬と男の乗った馬があり、それがゆっくりと回転している。男が女を追いかけているらしい。なかなか男は追いつかないが、距離《きょり》は縮まっていく。やがて、男が女に追いついたところでメロディは終わった。

そこでヒロトはようやく気づいた。真ん中の高い塔《とう》の上に、大きなパールが据《す》えてあったのだ。

音楽が鳴る仕掛《しか》けも宝物だったが、パールもまた宝物の一つだったのだ。

「パールを取って。載《の》せると、また始まります」

ヒロトがパールを取って載せるとメロディが再開し、今度は男が女から離《はな》れはじめた。円形のテーブルの物語は、男が女を捕《つか》まえようとする恋《こい》の物語ではなく、男が女から離れていってしまう悲恋《ひれん》の物語に早変わりである。

「それをヒュブリデ王に」

「思いがけない贈り物、驚嘆《きょうたん》の次第《しだい》でございます。これまた恐縮《きょうしゅく》のあまり、穴に入りたいくらいでございます」

とまたヒロトは冗談をつづけた。

「くす。もう穴はありませんよ」

「では、長いものに巻かれることにいたします」

とヒロトは後ろを振り返った。エルフの騎士が、水色に染めた織物のロールと紫色に染めた織物のロール、そして水色の糸と紫色の糸とを持って参上した。イスミル王妃の目がぱっと輝《かがや》いた。思わず口を半開きにして両手を合わせる。

ヒュブリデが誇《ほこ》る特産品である。富裕層《ふゆうそう》が服を仕立ててもらうには欠かせないものだ。

「長いものでございます。長いものには巻かれろと申しますので、一番よいものを持ってまいりました。これで人生万全《ばんぜん》でございます」

ヒロトの冗談にイスミル王妃が微笑む。だが、ヒロトの言葉よりも織物に王妃の意識は向いていた。

「ヒュブリデの織物は、特に水青染めと紫染めはよいのです。こんなにたくさん――」

とイスミル王妃は玉座から下りて織物に駆《か》け寄った。

「ああ、糸まで……これで素敵《すてき》な服がつくれるわ……」

とイスミル王妃は深く感激している。

「あなた」

とパシャン二世に顔を向けた。

「すぐにつくらせるがよい」

「またあなたをクラクラさせてあげる」

「わたしはいつもおまえにクラクラだ」

とパシャン二世が即答《そくとう》する。熱々の二人である。話すのが得意ではないガセル王だが、妻には本当に惚《ほ》れているようだ。

イスミル王妃はヒロトに顔を向けた。

「ヒロト。そなたに礼を申します。でも、今が幸せの絶頂ということはありませんよね？ ヒュブリデが我が国の敵になることはありませんよね？ いつも味方ですよね？」

喜びにはしゃぐだけの王妃かと思えば、突然《とつぜん》、イスミル王妃は難しい質問で切り込んできた。

6

（ぐはっ、来た）

ヒロトは内心、少しうろたえた。

（切れ者……）

このタイミングの質問で、NOと言えるわけがない。

だが、YESと言えばどうなるのか？　敵になることはありえませんと答えればどうなるのか？

もしガセルがアグニカに一方的に攻め込んでヒュブリデの国防に脅威《きょうい》を与《あた》えることがあった時に、敵になることが難しくなる。

口約束は約束。約束が反故《ほご》にされることは歴史上何度でもあるが、だからといって安易に言質を与えてよいわけではない。ヒロトは一個人として発言するわけではないのだ。大使は王の代理。ヒロトは王の代理なのである。王の代理だからこそ歓待を受けるのだ。大使の発言は王の発言でもあるのである。

ともあれ、ガセルとの友好を深めつつ、ガセルのアグニカ侵攻に対して太鼓判《たいこばん》を押さぬよう、バランスを取らねばならない。手を握《にぎ》りながら牽制《けんせい》するという、微妙な手腕《しゅわん》を発揮せねばならない。

「イスミル王妃。自分はガセルと友人になるために、友人の関係を深めるために参りました。されど友とは、相手に対して絶対に『いいえ』を言わないことではありません。『おまえとおれは友達だ。友達だから、おまえの金を全額おれに貸してくれるよな』と言われて、妃殿下ならどうされるでしょうか？　もし『はい』しか答えられないとしたら、もはや友達の関係ではありません。『いいえ』を言えること、それもまた友達の条件です。もしピュリスとともに我《わ》が国《くに》を攻めるということがあれば、自分は『いいえ』を言う人となります」

とヒロトは最初に牽制から入った。

「もちろん、パシャン王もイスミル王妃《おうひ》も、二人そろって聡明な御方《おかた》。お二人はガセルの未来をどこまでも明るく照らすガセルの灯火《ともしび》。そのような法外なことはなさらないでしょう。なので架空《かくう》のお話になります」

とヒロトはつづけた。イスミル王妃が微笑む。目の奥《おく》できらりと知性が光る。

「つまり、ガセルとヒュブリデは友ということですね。では、アグニカとガセルと、どちらがより大切な友ですか？」

とイスミル王妃は畳《たた》みかけてきた。

（うわっ、来た）

答えづらい質問を――しかし、ガセルにとっては聞いておきたい、核心《かくしん》を突いた質問を――イスミル王妃は繰《く》り出してきた。是《ぜ》か非か。右か左か。二項《こう》対立的な質問ほど、答えづらい質問はない。右であると答えれば、左を軽《かろ》んじることになる。左であると答えれば、右を軽んじることになる。

やはりイスミル王妃は切れ者である。ただの夫のお飾りではない。この国の中枢《ちゅうすう》なのだ。道中、ドルゼル伯爵から聞いた話では、顧問会議――ヒュブリデで言う枢密院《すうみついん》会議――にもほぼ毎回出席しているという。

「イスミル王妃。それは左の乳房と右の乳房と、どちらが大切かと言われているようなものです」

とヒロトは一旦《いったん》軽く冗談で受け流した。それから、比喩《ひゆ》で応戦に出た。

「喩《たと》えて言えばこうです。一人はよく行く教会でよく会う者。もう一人は大切な友人の友人で、気の合いそうな方。どちらも大切な友であることに変わりはありません。ただ、出会う場所が違うので付き合い方は少し違ってきましょう」

くすっとイスミル王妃が笑う。大切な友人とは、ピュリスのことである。つまり、大切な友人の友人で気の合いそうな方とは、ガセルのことだ。よく行く教会でよく会う者とは、同じ精霊《せいれい》教を信じるアグニカのことである。

「わたしも同じですよ。大切な親友、大切な身内の大切な友は、同じように大切な友です。対岸の友も大切な友達です。その友が悪さをすれば、たしなめるのも友。違いますか？」

とイスミル王妃は微笑んできた。

大切な親友、大切な身内とはピュリスのことである。イスミル王妃の実兄《じっけい》は、ピュリス国のイーシュ王だ。大切な身内の大切な友とは、ヒュブリデのことである。そして対岸の友とは、アグニカのことだ。アグニカが悪さをすれば友としてガセルはたしなめなければならない。そう言っているのだ。いよいよ本題に迫《せま》ってきた。

「おっしゃる通りです、王妃。ただ、殴《なぐ》ると人は殴り返すもの。もう話し合いができなくなります。仲直りも難しくなります。単独で殴るのではなく、まずは友達四人が集まって話をしなければなりません」

とヒロトは答えた。

殴るとは、武力行使のこと、具体的にはアグニカ侵攻を意味する。友達四人が集まってとは、ヒュブリデを交えて、ピュリス、ガセル、アグニカの四カ国で協議することである。武力行使の前にまずは協議すべきだとヒロトは牽制したのだ。

「けれども、殴らねばわからぬ友もおります。もし我が国がアグニカに攻め入れば、ヒュブリデはどうしますか？　お得意の空の力を使いますか？　互助《ごじょ》協定は破棄したと聞いて

いますが、それでもやはり空の力で助けるのでは？」

とさらにイスミル王妃は、今度は比喩的な、象徴的《しょうちょうてき》な言い回しを使わずに、直接的な言い方で踏《ふ》み込んできた。比喩の世界からリアルの世界で勝負してきたのである。

（ぐげげ、来た……！）

ヒロトは唸った。象徴的な言い方の時と違って、直接的な物言いでは、返答はますます難しくなる。

さて、どう答えるか。

空の力は使いませんと返答する？

ヴァンパイア族のサラブリア連合は、アグニカに対して反感を持っている。アグニカ商人が、連合代表ゼルディスの長女ヴァルキュリアを馬鹿にしたからである。だから、アグニカとガセルの紛争《ふんそう》に際してヴァンパイア族がアグニカに味方することはありえない。だが、わざわざ今、そのことを王妃に話す必要はない。話せば、ガセルに対してアグニカ侵攻を後押《あとお》しすることになる。ヴァンパイア族が絶対にアグニカに味方しないとわかれば、ガセルは憂《うれ》いなくアグニカに侵攻するだろう。

ガセルのアグニカ侵攻に対しては、釘を刺しておかなければならない。どのようにして釘を刺すか。

（リアルにはリアルだ）

ヒロトは口を開いた。

「イスミル王妃。人と人との喧嘩《けんか》は、町中の一角という狭《せま》い場所があれば事足ります。しかし、国同士の喧嘩は異なります。アグニカは非常に森の豊かな国。山の国でございます。ガセルよりも平地が少のうございます。平地ならば一万の軍隊を容易に展開することができますが、森の中となるとそうは参りません。ガセルの刃《やいば》は非常に鋭《するど》うございます。きっとアグニカのいくつもの町を陥落《かんらく》させるでしょう。されど、森にはアグニカ兵が潜《ひそ》んでいます。何度も蜂《はち》のようにアグニカ兵が飛び出してはガセル軍を消耗《しょうもう》させるでしょう。個人と個人の殴り合いならば、あまり逃《に》げ込む場所はありません。しかし、国と国との殴り合いの場は、とてつもなく広うございます。それゆえに逃げ込む場所があり、初戦では有利に戦えても次戦ではそうはいかぬということが多々ございます。国と国との戦は、初戦で決まるわけではございません。アグニカの奥深《おくふか》くに軍を進めれば進めるほど、森に呑《の》み込まれてガセルは苦戦を強《し》いられましょう。そうなれば、アグニカとの紛争の元となった銀不足がさらに激しく引き起こされることになります。戦ほど、銀を呑み込むものはございません」

もしガセルがアグニカに攻め入った時、何が起きるのか。ヒロトは具体的にリアルな予想図を――銀不足の未来を――描写《びょうしゃ》してみせたのだ。

比喩には比喩を。リアルにはリアルを。イスミル王妃が賢明《けんめい》な王妃ならば、ヒロトの言葉は響《ひび》くはずだ。

「なるほど。そなたが賢者《けんじゃ》と言われる所以《ゆえん》ですね」

とイスミル王妃は微笑んだ。

（効果あり）

ヒロトは心の中で拳《こぶし》を握りしめた。

「我が軍がアグニカに負けることはないぞ」

とパシャン二世が初めて口を開いた。

「はい、自分もそう思っております。それ以外の未来を思《おも》い描《えが》くのが難しゅうございます。されど、戦は大量のお金を食います。つまり、大量に国内の銀を消費します。銀不足が元でアグニカとの紛争が起きたのに、さらに銀不足を起こすことをしてしまえば、ガセルは苦しくなってしまいます。友として、それは見ていてつらいことでございます」

とヒロトは答えた。パシャン二世は反論しなかった。不機嫌《ふきげん》に思ったのか、満足したのか。

満足したわけではあるまい。ただ、反論する術《すべ》がなかっただけだろう。牽制はうまくいったようだ。

「では、ヒュブリデは友としてどのように助けてくれると?」

とまたイスミル王妃が口を開いた。

「アグニカに対しては、我が国が先頭となってものを申し上げましょう」

とヒロトは答えた。だが——まさにその言葉を待っていたかのように、イスミル王妃が切り出したのだ。

「実は先日、シドナの港で、従来の五倍の値段で山ウニが売られるということがあったのです。山ウニ不足でそうなっただけだ、山ウニ税を納めるから問題はなかろうと白を切っていたとのこと。恐《おそ》らく五倍にすれば、山ウニ税導入前と利益が同じになるのでしょう。グドルーンが出てきてその場は収めたそうですが、アグニカは信用なりません」

ヒロトは唸った。

五倍の値段での販売《はんばい》など、ヒロトも知らぬことだった。この事実を知っていたから、そしてこの事実につなげたかったから、イスミル王妃は敵か味方かという話から始めたのに違いない。智慧者《ちえしゃ》である。

「リンドルス侯爵に、早速《さっそく》使いを送ります。厳守するように自分の方からお願い申し上げます」

とヒロトは即答した。だが、その答えもイスミル王妃は待っていた。

「グドルーンに言わねば聞かぬかもしれませんよ。山ウニの産地は、ほとんどグドルーンの産地なのです。おまけにきっとそなたは、グドルーンに嫌《きら》われています」

第四章　誤解

1

正直、ヒロトはたじろいでいた。グドルーン女伯がヒロトを嫌っているらしいことは、昨夜、エクセリスから聞いたばかりである。だが、そのことを、イスミル王妃はすでに知っていた。知っていて、この段階でカードとして使ってきたのだ。

いやなカードの切り方だった。

あなたはグドルーンに嫌われているのよ。なのに、どうやってグドルーンに言うことを聞かせるの？

イスミル王妃の表情は穏《おだ》やかだが、無言でそう問い詰《つ》めているみたいである。

「そなたは賢者と聞いています。友ならば、たとえ自分を嫌う相手にも言うことを聞かせてくれますよね？」

とイスミル王妃が畳みかけてきた。

ぐはっと声が漏《も》れそうになった。

《イスミル王妃は美人なのよ。しかも、頭が切れる。あなた、負けちゃうかも》

エクセリスの言葉が蘇《よみがえ》った。あの時、自分はそんなわけがないと一笑《いっしょう》に付したのだが、笑えない事態に陥《おちい》っていた。

（ははは……強烈《きょうれつ》……本当に切れ者……）

自分を困らせて、イスミル王妃は何を得ようとしているのだろうとヒロトは考えた。

マウント？

いや。

ガセルはヒュブリデと友好を深めたいはずだ。証拠《しょうこ》に、ヒュブリデに宝石の鍵を渡《わた》している。ヒロトを難詰《なんきつ》してやり込めたいわけではないのだ。ガセル王国はレグルス共和国とは違うのだ。きっとイスミル王妃は、問題の中心がグドルーンにあることを知っていて、ヒロトがグドルーンに対して具体的に処方箋《しょほうせん》を示すことを期待しているのだろう。

しかし――。

いくらヒロトが雄弁《ゆうべん》でも、ヒロトのことを嫌いな者の心には雄弁は届かない。むしろ逆効果である。雄弁は時として反発を招くだけの、余計な、火に注ぐ油となる。

（あ）

そこでヒロトはようやく気づいた。

言っても聞かぬやつは殴るしかない。つまり、武力――。イスミル王妃は、ヒュブリデがアグニカに対して軍事的な圧力を加えることを期待しているのだ。兵を送《おく》り込むのではなく、ガセルと軍事同盟を結ぶことによって、グドルーンに無言の圧力を加えることを――。

（軍事同盟を締結《ていけつ》させるための伏線《ふくせん》か……）

確かに、切れ者である。小顔の美人だが、めちゃめちゃ頭が切れる。

だが、ヒュブリデはガセルと軍事同盟を結ぶつもりはない。結べば、逆にアグニカを過《か》剰《じょう》に警戒《けいかい》させる。隣国アグニカとの関係は悪化するだろう。

「言うことを聞かぬ子供の尻《しり》は、叩《たた》くしかありません。約束を守らぬ国は、言うことを聞かぬ子供のようなものです」

とイスミル王妃はさらに迫ってきた。

（来た。軍事同盟の要請《ようせい》来た。やばい）

断る？

しかし、断れば、「では、どうやってグドルーンに言うことを聞かせるのです？」と突っ込まれるに決まっている。

どうする？

力ずくでも言うことを聞かせる？

（いや、無理だろ）

とヒロトは自分に突っ込んだ。

グドルーンの居城に押《お》しかけて、ケツでも引っぱたく？

絶対無理。

乱暴な男なら無理矢理《むりやり》押《お》し倒《たお》して言うことを聞かせるのかもしれないが――。

（あ）

そこでヒロトは閃《ひらめ》いた。

（そうか。その手があった……！）

とんでもない手が、思い切り不可能な、目茶苦茶《めちゃくちゃ》な手が一つあった。はちゃめちゃすぎて、自分でも笑いそうになる。だが、笑いを抑えて、

「一つ妙案《みょうあん》があります」

とヒロトは真面目な顔で口を開いた。

「どのような？」

とイスミル王妃が微笑《びしょう》とともに合いの手を入れる。きっとイスミル王妃は軍事的なものを期待しているだろう。でも、軍事同盟は結ばない。

ヒロトは一旦沈黙《いったんちんもく》し、ためてから言い放った。

「自分がグドルーン伯と結婚《けっこん》するのです。『一度も会ったことないけど、一目惚《ひとめぼ》れした。グドルーン、結婚しよう！』。妻となれば、きっと夫の言葉に――」

ヒロトの言葉は遮《さえぎ》られた。イスミル王妃が上品な、しかし激しい笑い声を炸裂《さくれつ》させたのだ。

「会ったことがないけど、一目惚れ……おほほ……おほほ……！」

とイスミル王妃が笑い崩れる。すぐ隣《となり》でパシャン二世も笑っている。

「あなた、おかしい……あのボク女と結婚ですって……おほほ……おほほ……あなた、苦しい……」

「ツボに入ったか？」

「だって、おほほ……会ったことないけど一目惚れって、おほほ……それもあのボク女に……あなた、苦しいわ……おほほ……！」

とイスミル王妃が笑いつづける。

「あの女はそなたと結婚などしませんよ、おほほほ……あの女は女王になりたい女なのです。結婚するのなら相手は玉座です……おほほ……」

と説明しながら、イスミル王妃が爆笑《ばくしょう》をつづける。笑いは一向に収まらない。ついに玉座の上で崩れてしまった。

パシャン二世がヒロトに顔を向けた。

「ヒロト殿《どの》よ、宴《うたげ》までまだ時間がある。部屋で休まれるがよい」

2

エルフの騎士《きし》アルヴィたちとともに部屋に戻《もど》ったヒロトは、ようやく一息をついた。壁《かべ》の向こうに密偵《みってい》が潜んでいるかもと思いながらも、一息をつかざるをえなかった。油断大敵であった。

イスミル王妃とは敵対関係にあるわけではない。ヒュブリデとガセルは互《たが》いに好意的な関係にあり、互いに牙《きば》を向き合う関係ではない。軍事同盟のことで色々と迫られるだろうとは思っていたが、まさかグドルーン絡《がら》みで肉迫《にくはく》されようとは――。

やばかった。

冗談《じょうだん》で逃げたのは、正直、それ以外に手がなかったからである。だから、はちゃめちゃな方向に逃げたのだ。

幸い、はちゃめちゃ作戦は功を奏した。イスミル王妃は笑いすぎて、ヒロトに迫れなくなった。結果、ヒロトは引き下がることを許されたのである。

（エクセリスの言うことをもっとちゃんと受け止めておくべきだった……。確かに手強《てごわ》い。今まで対面してきた大物たちの中で、一番手強いかもしれない。レグルス共和国のオルディカスに匹敵《ひってき》する……）

そうヒロトは思った。

二カ月ほど前にレグルス大使として現れ、ヒロトが用意してきたマギアへの切り札を読み切った男――。オルディカスもヒロトを打つ手無しへと追い込《こ》んだ一人だったが、イスミル王妃も同じだった。違いは、イスミル王妃は切れ者の顔をしていなくて、優《やさ》しい美人顔をしながら切り込んでくるところだ。

（なんとか逃げ果《おお》せたけど、また追及《ついきゅう》されるなあ……。でも、返すものがないぞ。グドルーンに対して、武力以外に従わせるものをおれは持っていない）

グドルーンのことについて、エクセリスと相談すべきだとヒロトは思った。ボク女と言われていたことも気になる。

（ボク女って、ボクッ娘《こ》のことだろうな）

「グド――」

エクセリスに顔を向けたヒロトは、顔面に白いパイをぶつけられた芸人のように凍《こお》りついた。凶悪《きょうあく》な殺意のこもった三白眼が、ヒロトを睨《にら》みつけていたのだ――それもすぐ間近で。顔面までの距離は二十センチもない。

(な、何……⁉)

背中にスライムを投《な》げ込まれたみたいに、背筋にぞわっと寒けが走った。思わずたじろぐ。

「本気なの⁉」

鬼気《きき》迫《せま》る雰囲気で、殺気のこもった語気とともにエクセリスは迫った。まるで獲物《えもの》を前にした猛獣《もうじゅう》の迫力《はくりょく》である。

「な、何が……?」

「グドルーンと結婚するの⁉　そんなにあのボク女がいいの⁉」

「は……?」

ヒロトはさらに固まった。ヒロトが出まかせで口にした冗談を、こともあろうにエクセリスが真に受けている。

「自分のことをボクって言う女が好きなの⁉　わたしより――」

「なわけないだろ！　冗談に決まってんだろ！　会ったことないのに、なんで一目惚れなんかするんだよ！　おれはエクセリスの方がいいんだよ！　ああでも言わなきゃ、軍事同

盟結ぶことになっちゃうだろ！」

とヒロトは大声で叫《さけ》んだ。叫んでから、

（やばっ！　隣の部屋に密偵がいたら、聞かれちまう……！）

と思ったが、もう遅《おそ》い。

「え？　……冗談だったの？」

とエクセリスは不意を衝《つ》かれた様子である。

（冗談に決まってんじゃん！）

胸の中で激しく叫んでいると、

「どうしたんですか？」

と眼鏡のソルシエールがやってきた。ミミアはヒロトとエクセリスの分の蜂蜜酒《ミード》を用意している。

「だから――」

とヒロトは事の次第を説明した。話を聞いたソルシエールの一言は、こうであった。

「あの……わたし、胸のツンツン具合では、きっとその人に負けません……だから、そんな人に惚れないでください……」

（へ？）

ヒロトは世界で一番阿呆《あほう》な表情を浮《う》かべてみせた。ちゃんと説明したのに、ソルシエールも誤解していた。

「だから、結婚しようってのは嘘《うそ》なんだってば！　ボクッ娘と結婚する趣味《しゅみ》はないんだよ！」

絶叫《ぜっきょう》ぎみに叫んで、ヒロトはミミアに顔を向けた。

（ミミアならきっとわかってくれるはず――）

最後の望みを懸《か》けた途端、ミミアは突然、耳まで赤くなって、ごにょごにょと小さな声を絞《しぼ》り出した。

「き、きっとわたしの方がグドルーンという人より胸、おっきいです……結婚するなら……」

ヒロトはその場でひっくりかえった。

3

ヒロトが引き下がってしばらくして、ようやくイスミル王妃は笑いから解放された。笑いすぎて目から涙《なみだ》が出ている。

「あなた、涙が――」

「そんなに悲しかったか？」

とわかっていてパシャン二世が冗談をぶつける。イスミル王妃がまた朗らかな声で笑う。

「ほんと、おかしい……まさかあんなことを言い出すなんて……」

「あの男は本気か？」

「そんなわけないでしょ。会ったことないのに一目惚れ……おほほ……」

またイスミル王妃が明るい笑い声を立てる。

「愉快《ゆかい》な男だな」

「ええ。でも、おかげでちゃんとした答えを聞きそびれたわ。うまく逃げられちゃったわ」

イスミル王妃がぺろりと舌を出す。王妃なのに舌を出すのがかわいらしい。そこがガセル王が惚れた理由でもある。

「役者が上だったか」

とパシャン二世が微笑《ほほえ》んだ。イスミル王妃はスマイルで応えると、二人を前にずっと跪《ひざ》坐《き》して控《ひか》えているドルゼル伯爵《はくしゃく》に顔を向けた。

「よく連れてきてくれました。本当に楽しい男ですね」

「はい。実は女の好みもわたくしといっしょでございまして、相当意気投合いたしました」

ドルゼル伯爵の言葉に、イスミル王妃が軽く笑う。本当に笑い声が明るい王妃である。笑い声だけでその場の雰囲気《ふんいき》を明るく和《なご》やかにする力が強い。

「ヒロトはあのような者なのですか？」

「ヒロト殿は気取ったところのない方です。大貴族のように矜持《きょうじ》が強くないので、非常に親しみやすく、付き合いやすいです。ただ、油断していると牙を剥《む》きます。といっても、それは敵側に回った時のこと。普段《ふだん》は気さくな方です」

とドルゼル伯爵が答える。イスミル王妃はうなずいた。

「兄上がヒロトをお気に入りの理由がよくわかりました。きっと兄上にもああいう冗談を言ってみせたのね。メティスにもそうだわ。それで兄上もメティスも、ヒロトが好きなのよ」

「おまえもお気に入りのようだな」

とパシャン二世が突っ込む。

「ええ。でも、わたしの一番のお気に入りは――ダントツのお気に入りは――あ・な・た」

とイスミル王妃は微笑んだ。パシャン二世に笑顔《えがお》が浮かぶ。

「わたしもだ、イスミル」

イスミル王妃は軽く夫の唇《くちびる》に口づけした。すぐに唇を離す。離した時にはもう真顔に戻っていた。

「グドルーンについては、正直、手はないみたいね。冗談を口にしたっていうのは、それ以外手がなかったってことだわ」

とイスミル王妃は看破してみせた。笑っていても、人をよく観察している。

「確かに焦《あせ》っている様子はあったな……」

とパシャン二世が同意する。

「軍事同盟は結びたくないみたいね。きっとアグニカを刺激《しげき》してアグニカと険悪な関係に陥ることを恐れているんだわ。でも、あなたとも仲良くしたいみたい。そうしておけば、きっとアグニカへの侵攻《しんこう》を防ぎやすくなると思っているんでしょうね」

とイスミル王妃が推測を披露《ひろう》する。それから、ドルゼル伯爵に顔を向けた。

「ヒロトはアグニカについては何と？」

「友には友の適切な距離があり、その適切な距離を大事にしたいと思っていると」

とドルゼル伯爵が答える。

「やっぱりね。言い方は慎重《しんちょう》だけど、あまり親密にならずに距離《きょり》を置いておきたい、つまり、二度とアグニカと軍事同盟は結びたくないってことね。我が国については？」

「ガセルは友だと、そうくり返していました。我が王は大事なことを教えていただいたことについて、とても感謝していると。おかげで悪党を葬《ほうむ》れたと」

「おまえのおかげです」

とイスミル王妃が微笑む。レオニダス王の政敵ベルフェゴル侯爵《こうしゃく》がレオニダス王に無断で秘密外交を行っていることを密《ひそ》かに告発したのが、大使として赴任《ふにん》していたドルゼル伯爵だった。ドルゼル伯爵の密告のおかげでレオニダス王は政敵を葬り去ることに成功している。

パシャン二世は気難しい表情のままだった。気になることがあるらしい。

「アグニカに兵を送れば、ヒュブリデは邪魔《じゃま》するか？」

心配事はそのことだったらしい。夫の問いに、イスミル王妃は首を横に振《ふ》った。

「空の力を使うの？　って尋《たず》ねた時、否定しなかったわ」

「つまり、使うということではないのか？」

確かめる夫に、イスミル王妃は再び首を横に振った。

「使わないから答えなかったのよ。ドルゼルも言ってたし、メティスも前に手紙を寄越《よこ》したでしょ？　アグニカはヴァンパイア族を激怒《げきど》させたから、ヴァンパイア族がアグニカを守るために出撃《しゅつげき》することはないって。あれ、本当なのよ。だから、答えなかったのよ。空の力を使うことはないって答えたら、あなたがアグニカに兵を送るんじゃないかって恐れてるのよ。ヒュブリデはあなたにアグニカを侵攻してほしくないの」

「ならば、アグニカと同盟を結べばよいのではないのか？」

「ヒュブリデには得がないわ。同盟を結べば、否応《いやおう》なしにあなたとアストリカの戦争に巻き込まれる。それは避《さ》けたいと思っているのよ」

とイスミル王妃は説明した。アストリカとは、アグニカ王国の女王である。

「戦が怖《こわ》いか。腰抜《こしぬ》けだな」

とパシャン二世が率直《そっちょく》な感想を洩《も》らす。

「あら、国の利益を最大限に考えているだけよ。ヒロトは頭がいい人間よ。無駄《むだ》な戦いはしないし、負ける戦いもしない。戦になれば、必ずピュリスとの戦になる。そうなれは泥《どろ》沼《ぬま》にはまるって思ってるんだわ。ヒュブリデが一番利益を得られるようにしようって思い切り頭を働かせてる」

とイスミル王妃がヒロトを評価する。だが、パシャン二世は手厳しい。

「だが、肝《きも》がない」

「真逆よ。やる時はやる人間だわ。だって、あんな馬鹿な冗談が言えるんだもの。それに、アグニカとの和平協定の話、あなたも聞いたでしょ？　敵軍の中に護衛しかつけずに単独で乗り込むなんて、肝のない腰抜けがすることじゃないわ。相当勇気がある者のすることよ。武人でもできる者はほとんどいない。やっぱり敵に回したくない相手だわ」

　とイスミル王妃が否定する。

「わたくしもそう思います。丸腰《まるごし》でメティス将軍と堂々と渡り合える人間に肝がないとは思えませぬ」

　とドルゼル伯爵も同意してみせた。

「アグニカに拳で言うことを聞かせるのは無理か？」

　とパシャン二世は改めて妻に尋ねた。イスミル王妃は、また首を横に振った。

「逆よ。メティスに話をしなきゃいけないけど、拳は有効だわ。ヒロトの感じだと、アグニカに兵を差し向けても、ヒュブリデは実力行使には出ない。ヴァンパイア族を派遣《はけん》することは絶対にないし、ヒュブリデの兵も派遣しないわ。もしアグニカの愚《おろ》か者《もの》がまた値段を吊《つ》り上げたら、その時には兵を送りましょ。どのように攻《せ》めれば一番いいのか、メティスといっしょに考えて」

第五章　予兆

1

天蓋《てんがい》のついた幅《はば》三メートルの広いベッドに、昼間から寝転《ねころ》がっているさらさらのブロンドヘアの青年がいた。白い上着に白いタイツ。ミディアム丈《たけ》のブロンドが白いシーツに広がっている。

目は虚《うつ》ろだった。視線は天蓋に向けられているが、天蓋のどこも捉《とら》えていない様子である。

「くそ。つまらん」

ヒュブリデ王国の王レオニダス一世であった。

即位《そくい》してから、ずっとヒロトといっしょだった。毎日昼食も夕食も、ヒロトとともに摂《と》ってきた。接見も、ヒロトといっしょだった。

自分はいろんな人間から、ボンクラだと馬鹿にされてきた。無類の女好き、女垂らし。

だらしのない男の象徴《しょうちょう》に思われてきた。そのイメージはまだ残っているだろう。自分も残っているに違《ちが》いないと思っている。自分はこの国で一番のポジションだが、自分に会いに来る者は、密かに自分を馬鹿にしているのではないか。そういう疑心暗鬼《ぎしんあんき》に囚《とら》われそうになる。

だが、そばにヒロトがいると疑心暗鬼の鬼《おに》は消えてしまう。ヒロトがそばにいると、安心してしまうのだ。自分はこの国で一番の男といるのだ。この国を何度も救ってくれた英《えい》雄《ゆう》といっしょにいるのだ。自分はこの国で最強の男を味方にしているのだ。

ヒロトがいると、絶対的な安心感がある。どんな危機が訪《おとず》れても撥《は》ね返してくれるという安心感、どんなに自分が暴言を吐《は》こうが失言しようが、すぐにヒロトがフォローしてくれるという安心感がある。

（おれにはヒロトがいるのだ。おまえたちがいくらおれを馬鹿にしようと、おまえたちがヒロトに勝てるものか！　おまえたちの誰一人《だれひとり》としてヒロト以上の功績を挙げていないのだからな……！）

そういう気持ちになれる。そしてそういう気持ちがあるからこそ、落ち着ける。

だが――ヒロトが、いない。

ガセルへ旅立ってしまったからなのだが――そしてヒロトをガセルへ派遣すると約束し

たのは自分なのだが――心にぽっかり穴が開いてしまったみたいで、心が抜《ぬ》けている。

（くそ、つまらん。きっとヒロトは楽しんでいるのだろう。生意気な）

と勝手なことを思う。それからレオニダスは、アグニカに向かっているはずのラスムス伯爵のことを考えた。

アグニカへの大使にラスムス伯爵を派遣するという考えは、レオニダスが言い出したことではなかった。宰相《さいしょう》パノプティコスの発案である。

二カ月ほど前、レオニダスはマギア王国との賠償《ばいしょう》問題を解決する気持ちで満々だった。だが、賠償請求《せいきゅう》するつもりだという情報を、王族のハイドラン公爵《こうしゃく》がマギア王国とレグルス共和国に洩らした。ヒロトは賠償金を賠償金という名前ではなく即位祝い金という形で得ようと考えていたのだが、事前に賠償請求の話をつかんでいたマギア王国の王妹リズヴォーン姫《ひめ》とレグルス共和国の大使オルディカスは、即位祝い金でも受け入れないと拒絶《きょぜつ》。賠償問題は暗礁《あんしょう》に乗り上げたのである。さらに、ハイドラン公爵と組んだ王国の重鎮《じゅうちん》ベルフェゴル侯爵はレオニダスに無断でピュリスとガセル、アグニカに秘密外交を持ちかけた。それがバレて、ベルフェゴル侯爵は処刑《しょけい》、ハイドラン公爵は王位継承《けいしょう》資格を失い、侯爵に格下げとなった。ラスムス伯爵は、ベルフェゴル侯爵の親友だったのだ。自ら陰謀《いんぼう》を知りながら王に伝えなかったことを告げ、処罰《しょばつ》を受けると申し出た。その高潔さに感動して罰《ばっ》しなかったが、ラスムス伯爵がハイドランとベルフェゴル陣営《じんえい》にいたのは間違《まちが》いない。敢《あ》えて言えば、敵側である。

だが、パノプティコスは、だからこそラスムス伯爵をアグニカの大使にするべきだと進言したのだ。曰《いわ》く、大貴族は自分たちが排斥《はいせき》されるのではないかと恐れています。そして陛下はあまり大貴族の間で評判がよろしくありません。ラスムス伯爵を大使に任命すれば、大貴族たちは、陛下は自分たちを排斥するつもりではないのだ、もしかすると自分たちを取り立ててくれるのかもしれないと希望と期待を持ちます。大貴族の間での陛下の評判も上がることでしょう。

大使に任命されることは、大貴族にとって非常に名誉《めいよ》なことである。ラスムス伯爵は高潔の人であり、またアグニカに特別な関係を持つわけでもないので、それで宰相の進言を受け入れたのだ。

（絶対に軍事同盟は結ぶなよ。言質《げんち》も与《あた》えるなよ）

とレオニダスは遠いアグニカを睨んだ。

（おれはあの国は大嫌《だいきら》いなのだ。リンドルスも大嫌いだ。あんな国と仲良くしてたまるものか。適当にあしらって帰って来い）

2

王宮の一室で、大長老ユニヴェステルは宰相パノプティコスと話をしているところだった。

「飛び火すると思うか？」

とユニヴェステルは尋ねた。飛び火とは、アグニカ王国のシドナの港で起きた騒動《そうどう》のことである。値上げをしたことに対してガセル商人が激怒、本国から兵を呼び寄せて危《あや》うく戦争になりかけた報《しら》せは、ヒュブリデにも届いていた。

「五倍で売るとは、法外ですな。法の隙《すき》を衝かれましたな」

「二百名のガセル兵が駆《か》けつけたというが、もし本当ならば、次は確実に戦争だぞ」

とユニヴェステルが告げる。パノプティコスはうなずいた。

「ヒロトがいる間はガセルも下手に動かぬでしょうが、問題はガセルを離《はな》れた時でしょうな」

3

副大司教シルフェリスは、エンペリア大聖堂で祈《いの》りを捧《ささ》げているところだった。週に一度は半時間以上祈りを捧げるのが副大司教の務めである。

（精霊様《せいれいさま》、どうか我《わ》が国《くに》を、そして我が国の臣民をお守りくださいませ）

ふいにゆらっと何かが揺《ゆ》れた。はっとして目を開くと、巨大《きょだい》な精霊の灯《ひ》が一瞬《いっしゅん》、ふっと揺らいだ。

（え……？）

シルフェリスは目を疑った。揺らぎは一度だけだったが、確かに灯が揺らいだのだ。

（まさか、王の身に何かが……）

わからない。

（我が国に何かよからぬことが……？）

第六章　山師

1

母国ヒュブリデで再会を果たしたハリトスとジギスの兄弟は、互いの絶望的な状況《じょうきょう》を知ったところだった。

ハリトスはピュリスで明礬《みょうばん》石の契約《けいやく》を結ぶことができなかった。ジギスもまた、レグルスで明礬石の契約を結ぶことができなかった。二人がぶつかったのは、ピュリスの商人たちの先物買いの壁だった。

「半年早ければな……」

とハリトスは愚痴《ぐち》った。

「マギアでも少しは採れたんじゃなかったか……」

と弟のジギスが言う。

「採れるが、白いやつじゃない。あれでは、地味な色合いのものにしか向かん。水青染めには、白いのがいるんだ。ピュリスとレグルスでは採れるんだが……」

その先の言葉はつづかなかった。

「今掘《ほ》ってある分は、どれだけもつんだ？」

とジギスが尋ねる。兄はため息交じりに答えた。

「半年もてばいい方だろう」

2

ピュリス王国――。

エルフの商人デギウスのところに、アグニカ商人が姿を見せていた。金髪《きんぱつ》で目が緑色である。典型的なアグニカ人だ。デギウスとは十年以上の付き合いになる。

「山ウニでも持ってきてくれたのか？」

とデギウスが冗談を言う。

「よくわかったな」

とアグニカ商人は椰子《やし》の実を取り出した。椰子の実の中には赤いオオタマネギが入っていた。普通《ふつう》のタマネギと違って、まるで唐辛子《とうがらし》のように赤い。色の通り激辛《げきから》のタマネギである。ガセル人の好物だが、ピュリスでもヒュブリデでもレグルスでも売れない。

「これは激辛な山ウニだな」

とデギウスはさらに冗談で返した。

「主教が一度食べてみたいと言うので持ってきたんだがな。一目見て、味見もせずに持って帰ってくれって。激辛な主教だ」

とアグニカ商人が泣き言を言う。

「あの連中はわがままだからな。神の下ではすべてが正当化される。我々とは違うよ」

とデギウスが答える。デギウスもアグニカ商人も、精霊教会の教えを信仰《しんこう》している。ピュリスは一神教である。

「山ウニは売れてるかい？」

とデギウスは尋ねた。

「売れちゃいるが、扱《あつか》いたがらない商人が出てきてるな。昔は儲《もう》けまくっていたが、今はちょっとしか儲からないんでな。うちもあの糞税《くそぜい》をきっかけにきっぱり足を洗った」

とアグニカ商人が答える。糞税とは、山ウニ税のことである。アグニカ商人の答えに、デギウスが、そうだと何か思い出した表情を見せた。

「あんた、錫《すず》も扱ってたな。明礬石のツテはあるかい？」

「うちじゃあまり採れないからな。白いきれいなやつはないよ。鉄といっしょのやつはちょこちょこ採れるけど、色がな……。でも、どうして？」

と渋《しぶ》い表情から質問を向けた。

「ヒュブリデの友人が困っていてな……。大量に手に入るツテでもあればと思ったんだが……」

3

その男は白いフードをかぶり、白い長袖《ながそで》の上着を身に着け、白いズボンを穿《は》き、ナップサックのような薄茶《うすちゃ》色の袋《ふくろ》を背中に担《かつ》いで片手につるはしを持っていた。袋には測定具が入っている。

男は山師だった。一時期、東の隣国《りんごく》のヒュブリデにいて、母国のアグニカ王国に戻ってきたのだ。

山師というと一発屋というイメージがある。だが、それは農民から成り立ての経験のない山師の場合だ。成り立ての山師は山の知識も鉱石の知識もなく、勘頼《かんだよ》りで一発を当てようとする。

男はベテランの山師だった。諸国の山に入った経験もあり、アグニカでも銀山を当てたことがある。大鉱脈ではなくてそこそこの儲けにとどまってしまったが——。

男が探しているのは金だった。アグニカでは、それほど金は採れない。銀は豊富だが、金の産出量は少ない。ヒュブリデは金も銀も豊富に採れる。だから、ヒュブリデでは金貨と銀貨が流通している。

男は漁師たちが歩く道を下りながら、左の斜面《しゃめん》を見た。背の低い笹《ささ》が密集していて、その先に気になる木が生えていた。

見覚えのある木だった。確か、あれはヒュブリデのウルリケ鉱山のそばに生えていたものではなかったか。

男は道から外れて斜面を下りていった。笹の中を突《つ》き進《すす》み、木のそばに出る。つるはしを握《にぎ》りしめて、軽く掘ってみた。

白っぽい岩石の固まりが、ぼろりと出てきた。男はさらに岩石を細かく砕《くだ》いて、舐《な》めてみた。舌にぴりっとした刺激が走った。その瞬間《しゅんかん》、男は電撃《でんげき》に撃《う》たれたようにびくっとふるえて、目を見開いていた。

（こいつは……）

第七章　試掘《しくつ》

1

赤毛の女が、エンペリア王宮の洗濯《せんたく》場でテーブルクロスを洗っていた。リアル中世の侍《じ》女《じょ》は高貴な貴族の出自で、もっぱら王妃《おうひ》や王女の話し相手を務めていたが、ヒュブリデの王宮では下働きも行うのである。だが、そのことが後々高貴な者に嫁《とつ》いで女主人となった時、使用人を扱う際にプラスとなる。

赤毛の女は、マルゴス伯爵令嬢《はくしゃくれいじょう》ルビアだった。精霊教会副大司教シルフェリスの破門宣告も取り消され、謹慎《きんしん》期間も過ぎて無事宮殿《きゅうでん》に復帰したのである。復帰の際には女官長がレオニダス王と辺境伯《へんきょうはく》とに確認《かくにん》を取った。レオニダス王は父親が貴族会議に出席していたことで難色を示したが、ヒロトは拒絶しなかったという。

《ミミアの件はミミアの件です。貴族会議の件とは別です。マルゴス父子はすでに立派にお詫《わ》びをされています。それに対しては正当に報《むく》いるべきです。シルフェリス副大司教も

お認めになっていますので、受け入れてよろしいかと》

それで復帰が決まったのだ。辺境伯の一言が効いたのである。復帰できなければ、一家の不名誉《ふめいよ》になっているところだった。

ルビアは、かつてはもっと高慢《こうまん》な表情を浮かべ、仲間二人を連れてミミアに水を掛《か》けたり毛虫をぶつけたりしていたが、その面影《おもかげ》は薄《うす》れていた。真剣《しんけん》な眼差《まなざ》しで真面目にテーブルクロスを洗っている。

ルビアはふと手を止め、空を仰《あお》いだ。蒼穹《そうきゅう》と呼ぶにふさわしい、雲一つない青空が、宮殿の上に広がっていた。

（お父様、元気でいらっしゃるかしら……）

2

ヒュブリデ王国王都エンペリアの西隣にクリエンティア州がある。クリエンティアの大貴族マルゴス伯爵の邸宅《ていたく》に、エキュシア州、オセール州、ルシャリア州の大貴族が集まったところだった。

「覚悟召《かくごめ》されよ。お言葉に甘《あま》えて今日は大軍で征伐《せいばつ》に参りましたぞ」

とエキュシア州の大貴族が冗談を言う。

「ご安心召《め》されよ。我が弓射隊は非常に強力でございますぞ。たっぷりと矢にワインが塗《ぬ》ってありますぞ」

と小太りした身体《からだ》に派手な白い上衣を着て白いショースを穿いた四十五歳頃《さいごろ》の男――マルゴス伯爵が冗談で答える。

「我らがうわばみ部隊は強うございますぞ。ご覚悟を～」

と今度はオセール州の大貴族が冗談で返して、四人は笑った。貴族会議以来の再会である。懐《なつ》かしく抱擁《ほうよう》し合うと、案内されて居室に入った。皆《みな》、ソファに腰《こし》を下ろす。

「もうラスムス伯爵は――」

「お出かけになった」

とマルゴス伯爵がエキュシア州の大貴族に答える。

「あれは驚《おどろ》きましたな。まさかレオニダス王が伯爵に白羽の矢を立てようとは……」

とオセール州の大貴族が驚いてみせる。

「票稼《かせ》ぎでしょう。我ら大貴族に人気がないと見て、我らのご機嫌《きげん》を取ろうと――。きっと辺境伯の入れ知恵《ぢえ》でしょうな。あの者は策士ですので」

とルシャリア州の大貴族が間違った推測を披露する。事実は、宰相パノプティコスの発案である。

「我らがこうして見抜《みぬ》いていることも見抜いているかもしれんがな。だが、まあ、よいことだ。本来、大使は大貴族が遣《つか》わされるもの。ようやくレオニダス王は王らしいことをした」

とエキュシア州の大貴族がうなずく。

「うむ。ようやく王らしいことをした」

とオセール州の大貴族も同意した。マルゴス伯爵は、三人を前にガラスのグラスを掲《かか》げた。

「では、まずラスムス伯爵に乾杯《かんぱい》」

3

夕方近くになると、テルミナス河は上流へ向かって風が吹《ふ》く。その風を利用して、船は上流へと遡行《そこう》する。

ラスムス伯爵もまた、その遡行する船の一隻《せき》に乗って甲板《かんぱん》からテルミナス河を眺《なが》めていた。すでに船はヒュブリデとピュリスの間を抜けて、ガセルとアグニカの間に入っている。

今日にもアグニカのサリカ港に上陸することになっている。

（このわしが、大使とはな……）

とラスムスは自嘲的《じちょうてき》に心の中でつぶやいた。大使に任命された日は、朝に妙《みょう》な夢を見たのだ。

《わしの敵《かたき》を討《う》ってくれ》

亡《な》き親友のベルフェゴル侯爵にそう言われて目が覚めたのである。覚めて思ったのは、であった。

（友よ、いくら友の願いでもそれは無理た）

その日の昼に、宮殿に呼ばれたのである。

（ベルフェゴルが出てきたことを考えると、これはわしが裁かれるということだろうな）

そうラスムスは覚悟した。どうやら、我が首が胴体《どうたい》に別れを告げる時が来たようだ。いくら自分から罪を申し出たといえど、やはり許すわけにはいかぬということになったのだろう。

だが、王の執務室《しつむしつ》で待っていたのは、思いがけぬ叙任《じょにん》であった。

《わたしでよいのでございますか？》

そうレオニダス王に尋ねると、

《断ったら死刑《しけい》だ》

と得意の暴言が飛び出した。それで、自分をからかっているわけではないとわかった。

あれから二カ月――。

このように自分が船に乗ってアグニカへ向かおうとは――。

大貴族にとって、大使として他国へ赴《おもむ》くのは、大変に名誉なことだ。自分は恐《おそ》らく、あと十年もせぬうちに死ぬだろう。その自分に、最後の名誉を若き王が授《さず》けてくださった。きっと、ヒロトの心意気だろう。

若き王の期待に応えねば、とラスムスは気合を入れた。

（我が国の利益を守らねばならぬ。余計な言質は決して与えぬ。いかなる理由であれ、軍事同盟は結ばぬ……）

4

白い壁《かべ》と壁に埋《う》め込《こ》まれた背の高い書棚《しょだな》に囲まれた部屋の中で、鮮《あざ》やかな紫色《むらさきいろ》のドレスでアグニカ王国最高位の身体を飾《かざ》り、右の肩《かた》を露出《ろしゅつ》させた金髪の中年女性が不機嫌《ふきげん》な表情を浮かべていた。唇は厚い。情の濃《こ》い特徴《とくちょう》である。

アグニカの女王アストリカであった。その前で沈黙《ちんもく》しているのは二人の重臣であった。

一人は背が高く、細身の男だった。黒い口髭《くちひげ》を生やしている。アグニカ宰相ロクロイである。

もう一人は四角い岩みたいな大きな顔で、世界は自分の思うままという感じの雰囲気を漂《ただよ》わせる男だった。ロクロイの好敵手、リンドルス侯爵である。アストリカを玉座に据《す》えた張本人だ。

「ロクロイがせっかくフィナスのことを教えてやったというのに、謀反人《むほんにん》を送るなど、わらわを舐めているのです」

とアストリカが不満をぶちまける。謀反人とはラスムス伯爵のことである。重臣二人は黙《だま》っているが、女王の怒《いか》りはリンドルス侯爵に向かった。

「すべてはそなたのせいです。そなたがレオニダスを悪《あ》しく言うから、このようになるのです。だから、互助《ごじょ》協定も破棄《はき》されるのです。ガセルが我が国を攻めるのはわかっていること。ガセルの後ろにはピュリスがついているのですよ⁉　ガセルとピュリスから守るためには、ヒュブリデの楯《たて》が必要なのです！　なのに、ガセルには辺境伯で我が国には謀反人――」

と唇をふるわせる。

ラスムス伯爵は、処刑されたベルフェゴル侯爵の親友だった。レオニダス王に近い陣営の者ではない。そのような者が派遣されたということは、アグニカがそれだけの相手と考えられているということである。本当に重要な国ならば、王は側近を派遣する。

ガセルとの差は歴然であった。ガセルには、側近中の側近、王国ナンバーツーのヒロトを使節として送ったのだ。対してアグニカは——。

リンドルス侯爵が口を開いた。

「古来より、使節には高貴なる者を送るのが習わしでございます。ラスムス伯爵《はくしやく》は前王でも枢密院《すうみついんこ》顧問官《もんかん》を務めた経験のある男。代々続く大貴族でもございます。陛下に遣わすのにふさわしい——」

「戯《ざ》れ言《ごと》など聞きとうありません！　わらわは軽《かろ》んじられたのです！」

女王はリンドルス侯爵の言葉を怒りで遮《さえぎ》った。侯爵は沈黙した。だが、女王の怒りは収まらない。

「ヒュブリデがそのつもりならいいでしょう。迎《むか》えの者は地元の役人にさせなさい」

「なりませぬ！」

とリンドルス侯爵は強く否定した。

「わらわを馬鹿にしたのですよ！」

「貴《き》顕《けん》の者に対して貴顕の者で出《で》迎《むか》えるのが外交の儀《ぎ》礼《れい》！　ガセルに対して出《で》遅《おく》れている

中、さらにヒュブリデを愚弄《ぐろう》する真似《まね》をしてこれ以上出遅れては、それこそヒュブリデにガセルと軍事同盟を結ばせることになります！　そうなれば我が国の未来はどうなるか！　どんなに立腹されていようと、高貴なる者で出迎えるべきでございます！」

とリンドルス侯爵が凄《すご》い声量で叫《さけ》ぶ。声の圧が凄い。

「その必要はないと言っているのです！」

と女王アストリカも負けてはいない。だが、リンドルス侯爵の方が上だった。

「その必要はあると申しているのです！　ラスムス伯爵から出迎えは地方の役人だったと聞かされて、レオニダス王がどう判断するか！　ヒュブリデとの関係において、ガセルの方が我が国より優位にあるのです！　当てこすったところで、その優位を崩《くず》せますか！　逆にもっと劣《れっ》位《い》に陥《おちい》るではありませんか！　大損をするのは我が国の方ですぞ！　陛下はさらに我が国に大損をさせようとおっしゃるのですか！　なぜ劣位を回復しようとなさらぬのですか！」

女王アストリカは黙った。唇をふるわせてリンドルス侯爵を睨《にら》みつけている。理は侯爵にあり、だった。それはアストリカもわかっているのだろう。ただ、感情が追いつかないのだ。

リンドルス侯爵は自ら終止符《しゅうしふ》を打ちにかかった。

「出迎えにはこのわたくしが参ります。ラスムス伯爵にはお会いしたこともございます。道中、レオニダス王に対する無礼も詫びてまいります」

女王アストリカは答えなかった。まだ感情を処理しきれていないようだ。

「よろしいですな」

侯爵が念を押《お》すと、勝手にせいとばかりに手を払《はら》うしぐさをした。

5

リンドルス侯爵が立ち去ると、アストリカはあからさまにため息をついた。自分への不《ふ》甲斐《がい》なさから思わず片手で顔を覆《おお》う。

「お疲《つか》れになりましたか？」

早速宰相《さっそくさいしょう》のロクロイが声を掛けてくれる。

「いえ……いいのです」

とアストリカは否定した。疲れたわけではなかった。

アグニカの女王に即位して以来、ずっと女王らしくあらねばと思いつづけている。この国を内と外から守らなければならない。内は、王位を狙《ねら》っているはずのグドルーン女伯。

外は、ガセル王国――。

王とは、意見が最終的に集約される場所だ。自分の判断一つで国が正誤に導かれる。正しければ国は栄え、誤っていれば国は傾《かたむ》く。正しい判断をするには、感情的になるのではなく、理性的でなければならない。

そうありたいと常々思うのだが、人には感情がある。そしてその感情が、家臣の進言に対して拒絶《きょぜつ》反応を起こさせるのだ。

王も女王も、国の主である。だが、感情の主《あるじ》ではない。人にあっては、感情こそが主なのだ。理性が主なのではない。それゆえに、王も女王も、感情の従者となって引き回される。

今日もそうだった。リンドルスが言っていることが正しいのはわかっているのだ。だが、リンドルスに対して頭が上がらない自分に対するいらだち、自分は立派な女王なのだ、自立した女王なのだと見せたいという自己主張の気持ちとが邪魔して、素直《すなお》に受け入れることができない。リンドルスに対しては、正直複雑な気持ちがある。

ヒュブリデに軍事互助協定を破棄されたのはショックだった。予想されたことだったが、それでもショックだった。ヒュブリデとの関係において、アグニカはガセルの後塵《こうじん》を拝している。

劣位の状態を、少なくとも対等に戻《もど》すこと。それが大切なのはわかっているのだが、それを主張する相手がリンドルス——。いつまでもリンドルスの言葉に与《くみ》していては、一人立ちできぬではないか。

その上、失望もある。女王は失望に左右されるべきではないのだが、使節団として派遣されたのは、国の中心ヒロトではなく、むしろ周縁《しゅうえん》的存在のラスムス伯爵——。

6

女王の執務室を後にすると、リンドルスは鼻から息を出した。思わず出たため息であった。

ガセル国には国務卿《こくむきょう》兼辺境伯《けん》ヒロト。アグニカはラスムス伯爵——。

両者の差は歴然としていた。まだフェルキナ伯爵ならば望みはあったのかもしれないが、処刑された者の親友——。

絶対に軍事同盟の再締結《ていけつ》はない。使節は派遣するが、関係を詰《つ》めるつもりはない。

そういうレオニダス王の宣言だった。その根っこには、ハイドラン侯爵への反発と自分への怒りがあるのだろう。王子だった時代、王になることなど永遠に不可能であろうと思われた時代、レオニダスから悪罵《あくば》をぶつけられて自分も悪罵を返している。

大失策であった。まさか、レオニダスが王子になるなんて思いもしなかったのだ。ありえないことだったのだ。

言うべきではなかった？

然《しか》り。

だが、己の生まれと同様、過去は変えられぬ。変えられぬ以上、変えられぬことを前提に動くしかない。変えられるものを探《さぐ》るしかない。政治も人生も、自分が変えられるものにフォーカスするしかないのだ。

まずは礼節を尽《つ》くすこと。そして将来的にヒロトを招くこと。ヒュブリデとの関係については、今はガセルの方が優位にある。それを将来的にガセルと対等に導くこと。それが我が国が目指すことだ。そのための鍵《かぎ》が、ヒロトである。

ヒロトはレオニダス王の側近中の側近だ。レオニダスを王に据えた張本人であり、ヒュブリデの心臓である。ヒロトが我が国を訪問すれば、必ず道は開ける。

道は無礼によっては開かない。諦観《ていかん》やひねくれによっても開かない。女王はまだ子供だ。己が女王として扱われるか、敬意を払われるかに意識が向かいすぎている。グドルーンがいるから無理もないが、それはアグニカの政治を誤らせる。気をつけねばならぬところだ。

ただ、アストリカは、己に非ありと思った時には謝《あやま》ることができる。それこそが、リンドルスがアストリカを女王に据えた理由だ。グドルーンはあまりに自信がありすぎるし、あまり人に詫びない。詫びぬ王は必ず離反《りはん》を招く。それに、あの女には異国の血が流れている。アストリカのようにアグニカの血だけが流れている者がこの国を治める方がよい。

(とにかく礼を尽くして待つことだ)

とリンドルスは結論した。

今は悪い時なのだ。だが、悪い時は永遠にはつづかない。必ず時運はめぐり、よい時がやってくる――。

7

すでに地中数メートルに掘られた穴には梯子《はしご》が架《か》けられ、四人の坑夫《こうふ》たちが地の下に消えていた。入り口の周りには、アグニカ人の鉱山監督官《かんとくかん》と鉱山書記とが集まって、坑夫たちが上がってくるのを待っている。

「上がってきましたな」

と鉱山書記の言葉通り、白い帽子《ぼうし》に白い長袖、白いズボンにナップサックを背負った山師――鉱脈を発見した男が上がってきた。

「どうだった？」

山師は答えずにナップサックを肩から外して中身をぶちまけた。白っぽい岩の固まりがゴロゴロと出てきた。

明礬石だった。それも良質の明礬石である。

「上物でさあ。焼いたら真っ白になりますな」

「鉱脈のでかさはどうだ？」

と鉱山監督官が食いつく。

「ごっそりありますな。この山の斜面一帯が、恐らくそうでしょう。全部、明礬石ですよ」

アグニカの鉱山監督官と鉱山書記は沸《わ》き立った。最初に表情がぱっと明るく輝《かがや》き、つづいてため息のような声が漏《も》れた。

「もうつづきを掘ってもいいですかい？　あとは旦那《だんな》方のお好きにやればいい」

「い、いいとも」

と山師に答えた鉱山監督官の声はふるえていた。

「早速《さっそく》、閣下にも――」

鉱山書記の言葉に鉱山監督官は声を張り上げた。

「すぐグドルーン伯にお伝えしてくれ……！　もちろん、陛下にもだ……！」

第八章　ガセルの美女

1

草原の中に、いくつもの天幕が固まっている。どこまでもつづく緩《ゆる》やかな緑《みどり》の丘陵《きゅうりょう》に、白い天幕が集まっている。ヴァンパイア族ゼルディス氏族の集落である。

ヒロトの恋人《こいびと》ヴァルキュリアは、久々に故郷に戻ってきたところだった。ずっと、ヒロトといっしょにいて故郷から離れていたのだ。

だが、ヒロトは今はガセル。さすがに外交なので、自分はついていけなかった。アグニカとの国境まで船に同行するのが精一杯《せいいっぱい》だった。

（なんにも変わってないな……）

天幕を眺める。なんだか、ここで暮らしていたことがずいぶん昔のように思える。ず～っと昔、キュレレが全然外に出なくて一日中天幕にこもりっきりになっていて、親父《おやじ》のゼルディスと途方《とほう》に暮れていて。そしていつものようにソルムの外れの村の守備兵を襲撃《しゅうげき》に出掛《でか》けて、ヒロトに会った。

運命の相手だった。でも、そのヒロトは――。

（やめよう、ヒロトのことを考えるのは。余計に寂《さび》しくなる）

視線を向けたところで、スララが天幕から出てくるのが見えた。今日はスララは飛空便の仕事はお休みらしい。

ただ、スララは一人ではなかった。スララにつづいて男が出てきたのだ。

父ゼルディスの副官、バドスだった。スララが向き合い、二人が抱《だ》き合う。自分が留守にしている間に、二人はそういう関係になっていたらしい。

胸がきゅんと疼《うず》いた。

スララには、愛の抱擁を交《か》わせる相手がいる。でも、自分には――。

2

遠く離れたガセル宮殿の一室で、ミミアはいつものようにソルシエールといっしょにヒロトとエクセリスの帰りを待っていた。

ガセルの宮殿に着いて三日目。

ヒロトとエクセリスは今日も宴《うたげ》である。王妃《おうひ》主催《しゅさい》だそうだ。

羨《うらや》ましい？

寂しい？

答えはどちらもＮＯだ。自分はミイラ族。ヒュブリデ王国では最底辺の存在。その自分がヒロトの使節の一員として随行《ずいこう》して、王宮に宿泊《しゅくはく》できているのだ。それだけでも大変栄《えい》誉《よ》なことなのである。

ヒロトはイスミル王妃に気に入られているようだった。初日はかなりきわどい質問をされたらしい。だいぶやられたと苦笑《くしょう》していた。お会いしたことはないが、とても頭のいい方だそうだ。

料理は、使節団に随行した料理人たちがつくっているので、ミミアもソルシエールも困っていない。朝食はいつもヒロトがいっしょなので、うれしい。

（ソルシエール様もきっと――）

同じ思いかと思ったら、なぜか浮《う》かない表情で考え事をしていた。

いっしょに宴に行きたかった？

不意にソルシエールがつぶやいた。

「ガセルの女の人って、美人ね」

悩《なや》んでいたのは違《ちが》うことだった。

ヒロトは王国のナンバーツーだ。そしてガセルでは賓客《ひんかく》としてたいそうもてなされている。ガセルの女性もヒロトにはきっと興味津々《きょうみしんしん》だろう。それでソルシエールも不安なのかもしれない。

「でも、ガセルの方《かた》はそんなに胸ありませんから。胸はわたしたちの方《ほう》が上です」

とミミアは言葉に力を込めた。ソルシエールがはっとした表情を見せて、それから二人はがっちりと両手を握り合った。

3

エルフの騎士《きし》アルヴィは、宴が開かれている食堂の外で、ガセルの騎士とともに護衛についていた。アルヴィの役割は、ヒロトが命を狙われないようにすること、食堂内で万一のことがあった時にはいの一番に駆《か》けつけることである。
だが――あまり心配はいらないようだ。ガセルにはヒロトに敵対する雰囲気《ふんいき》を感じない。アグニカとガセルとの和議協定を締結させたことで、ガセル兵たちもヒロトには好感を懐《いだ》いているらしい。

「エルフはかなり耳がいいと聞いたが」

とガセル人の騎士が尋《たず》ねてきた。

「森の中なら、熊の音はすぐにわかる。ばったり出会うことはない」

とアルヴィは答えた。

「鹿の足音もわかるのか？」

「近くならば」

とアルヴィは答えた。おお……と感嘆《かんたん》の声が漏れる。

「ガセルはどうだ？」

「女が美しい」

その言葉に、ガセル人の騎士はうれしそうに表情を崩した。

「アグニカの女よりも、ずっと美しい」

4

長さ十メートルの長テーブルに着いて、ヒロトはスーハー言いながらガセルの料理を食べているところだった。テルミナス河で取れたという蟹《かに》の唐辛子《とうがらし》煮込《にこ》みが、辛《から》いのだが美味であった。

ヒロトの右隣《みぎどなり》はイスミル王妃であった。左隣《ひだりどなり》はドルゼル伯爵である。イスミル王妃の正面がパシャン二世で、ヒロトの正面は、ヒロトも宿泊したエランデル伯爵である。

（キュレレを連れてきたら、きっと喜んでいただろうな）

とヒロトは思った。キュレレはガセルの激辛料理を気に入っていた。

（ヴァルキュリアは、ちと辛いって文句を言ってたかもな。キュレレほど気に入ってる感じはなかったし）

宴の途中《とちゅう》なのに、ヴァルキュリアのことを思い出してしまう。ヴァルキュリアとはずいぶんと会っていない。これだけ離《はな》れ離《ばな》れなのは初めてだ。いつもいっしょにいるのが当たり前だったのだ。それだけに、ふとした拍子にヴァルキュリアのことが恋《こい》しくなる。

「ね。意地悪なことを聞いてもいい？」

とイスミル王妃が茶目《ちゃめ》っ気《け》のある笑《え》みを向けてきた。

「そなたは困ると冗談《じょうだん》を言うのでしょ？　一昨日、笑いで逃《のが》れたのは手がなかったからではありませんか？」

ヒロトは苦笑した。

誤魔化《ごまか》す？

いや。イスミル王妃は智慧者《ちえしゃ》だ。智慧者に嘘《うそ》は通じない。

「お察しの通りなのです、イスミル王妃。何かよい手はございませんか？　パシャン王のように素敵《すてき》な髭《ひげ》を伸《の》ばせばグドルーン伯を口説けますでしょうか？」

イスミル王妃の明るい笑い声が弾《はじ》けた。パシャン二世が思わず笑みを浮かべる。普段《ふだん》神経質な顔だちの人が笑うと、冗談を言った側としては余計にうれしくなる。

「あなた、聞いた？　この人ったら――」

「これがピュリスを感服させた我《わ》が雄弁《ゆうべん》でございます、王妃様」

とヒロトはさらにおちゃらけてみせた。イスミル王妃がまた朗《ほが》らかな笑い声を響《ひび》かせる。

「いつもそんな冗談ばかり口にしているの？」

「はい、いつも返答に困っているので」

イスミル王妃が笑いのこもった目で睨む。

「嘘ばっかり」

「友とは嘘ばかりつく関係でございます、王妃様」

「もう」

とイスミル王妃がまた笑ってヒロトの肩を軽く叩《たた》いた。ボディタッチは親密さの表れである。イスミル王妃はヒロトに対して親近感を懐いてくれているらしい。よい傾向《けいこう》だ。ガセルに来た目的の一つは、ガセルの王たちと親睦《しんぼく》を深めることでもある。親睦なきところによき関係は生まれない。

赤いキャミソールドレスにスリムな身体を包んだ黒髪《くろかみ》のガセルの美女が、ヒロトのグラスに赤ワインを注いだ。ガセルのワインはあっさりしていて、飲みやすい。

「ヒロトよ、ガセルの女はどうだ？」

とパシャン二世が言葉を掛けた。王から話しかけてくるのは、珍《めずら》しいことだった。ずっとコミュニケーション担当は妻に任せていたのだ。三日間の間に、少しはヒロトに対して打ち解けてくれたのだろうか。

「女の美しさは国の豊かさの反映。まさにガセルの豊かさでございます、パシャン王」

「そちは豊満な女が好きと聞いたが」

「嘘をつく男には豊満な女がよいのでございます」

またイスミル王妃がくすっと笑う。それから、いきなりちらっと政治的な本音を見せてきた。

「実は少し期待していたのですよ。ヴァンパイア族を連れてくるんじゃないかって」

「王妃、それはあまりに飛びすぎです」

ヴァンパイア族は空を飛ぶ――それに引っかけた冗談だった。すぐに気づいたイスミル王妃が笑い、遅《おく》れてパシャン二世が、そしてドルゼル伯爵とエランデル伯爵が笑った。飛ぶとはやられましたな、とドルゼル伯爵はウケている。

「ガセルの印象はいかがですかな？」

とエランデル伯爵が話を向けてきた。

「イスミル王妃の鋭《するど》さと、王妃を見守るパシャン王の温かさに目を瞠《みは》るばかりです。王妃の鋭さがあれば、グドルーンは従順になるのではありませんか？」

とヒロトは話を王妃に振《ふ》った。

「あの女は腐《くさ》ったメティスなのです」

とイスミル王妃は毒舌《どくぜつ》を吐《は》いた。珍しく険のこもった声調だった。

「腐った？」

「メティスと同じように剣《けん》を嗜《たしな》むのです。相当な腕前《うでまえ》とか。でも、誠意がありません。そなたは我がガセルのために知恵《ちえ》と勇気を示してくれました。トルカ紛争《ふんそう》の時のそなたの活《かつ》躍《やく》は、ドルゼルから聞いていますよ」

とイスミル王妃が優《やさ》しい声になる。だが、すぐに声色《こわいろ》は一変した。

「でも、あの女にそのようなものはないのです。女王になりかけてなれなかったから、きっと僻《ひが》んでいるのでしょう」

「お会いになったことは？」

「なくてもわかります。だいたい、自分のことをボクと言う女にろくな者はおりません」

とイスミル王妃が言い切る。どうやら、王妃は相当にグドルーンが嫌《きら》いのようだ。それにしても――。

（ボクッ娘《こ》か……）

と思わざるをえなかった。中学時代に一人ボクッ娘がいたのだ。しかも、ヒロトのことを嫌っていた。

《君、ジジイ男だろ。中学生のくせに頭の中身はオッサン。中学生って嘘だろ。老人。ジジイ男。ボク、君みたいな男、大嫌《だいきら》いだよ》

面と向かって言われたことを今でも覚えている。正直、ボクッ娘は大の苦手である。が――個人的な思いに耽《ふけ》っている場合ではない。ガセルに来た目的の一つは、現地での情報収集なのだ。その国に行かずしてその国の本当の姿を見ることはできない。ガセルの本当の姿を知れば、ガセルとの付き合い方もわかる。そしてガセルとアグニカとの関係を考えることも――。

「ドルゼル伯爵は、グドルーン伯にお会いになったことは？」

とヒロトは話を向けてみた。

「わたしはあります。あれは聡《さと》い女ですな。頭がいい。ただ、妃殿下《ひでんか》には及《およ》ばない」

とエランデル伯爵が答える。妃殿下には及ばないと答えたのは、本当かもしれないし、ただの振りかもしれない。イスミル王妃《おうひ》を前に、イスミル王妃よりも聡いなどとは決して言えまい。

言及《げんきゅう》しないところを見ると、ドルゼル伯爵はグドルーンと会ったことがないようだ。

「聡いというのはどのように聡いのでしょう?」

とヒロトは踏《ふ》み込んでみた。

「あの女はよく調べるのだ。どういう人間関係があって、どういうことをしてどういうことを言ったのか、詳細《しょうさい》に報告させるらしい。それをよく覚えている。自分のことをボク、ボクと言って気持ち悪いが、頭がいいのは間違《まちが》いない。やはり女というのは、イスミル妃殿下のような方が一番よい。我が王は一番の幸せ者でいらっしゃる」

最後にエランデル伯爵が王と王妃を持ち上げる。二人が少し微笑《ほほえ》む。

「ところで、ヒロト殿《どの》はアグニカには——」

とエランデル伯爵に話を向けられて、

「行く予定はありません。ただ、山ウニの扱《あつか》いによっては、行かざるをえなくなるかもしれません。アグニカがあまりに不誠実なことをつづけた場合やガセルとの間に大きな緊張《きんちょう》状態が生まれた場合には、自分が行かざるをえなくなるでしょう。自分は両国が戦争することを望んではいません。第一に、戦争はガセルの銀不足を増大させてしまうからです。アグニカの銀山を攻め落とせ《せ》ば一気に問題は解決しますが、銀山はアグニカの北の方、山奥《やまおく》にあります。ガセルは苦戦を強《し》いられることになるでしょう。苦戦が長引けば、それだけ銀不足が深刻になります。それを防ぐためには、ピュリスの協力も得て自分が行かざるをえなくなるだろうと思っています」

とヒロトは答えた。

王たちを前にしてのヒロトの発言は、ただの個人的な発言ではない。ヒュブリデの公式の発言となる。

非常に政治的な発言だった。王国のナンバーツーが自ら問題解決のためにアグニカに出向くと宣言したのだ。同時に銀不足を理由に、ガセルが戦争に突入《とつにゅう》することに対しても牽制《けんせい》したのである。ガセル国に対する強いメッセージである。

だが、議論は終わらない。

「いっそのこと、ヴァンパイア族を飛ばしてグドルーンめを脅《おど》した方が効くのではないかな。あの女は、しこたま山ウニで儲《もう》けたはずだからな。なんでも、山ウニの原価は一割ほどしかないらしい。輸送費を上乗せしたとしても、あのような値段にはならんのだ。それを十倍もの値段をつけて売っておったのだ。成敗されるべき女だ」

とエランデル伯爵が語気荒々《あらあら》しく言い捨てる。

十倍もの値段をつけていたのは山ウニ税導入前の話なのだろうが、アグニカへの反感の強さを感じさせる一言だった。アグニカへの反感の根っこは、その法外な値段——不公正さ——にありそうだ。

(伯爵の言葉はガセルの、パシャン二世の気持ちの代弁だな)

ヒロトはそんなふうにも感じた。前もって打ち合わせをしておいたのかもしれない。ガセルは、ヒュブリデがアグニカに対して空の力を行使することを期待している。その言質《げんち》を取りたいと考えている。ヒロトがアグニカに対して空の力を行使すると宣言すれば、アグニカに対する最強の脅しとなるからだ。アグニカはきっと従わざるをえなくなる。

だが——。

ヴァンパイア族サラブリア連合は、恐らくアグニカには関わりたくないだろう。ヒュブリデのためなら一肌脱《ひとはだぬ》いでくれるかもしれないが、ガセルのためには一肌脱ぐまい。グドルーンがアグニカ商人のようにヴァンパイア族を侮辱《ぶじょく》しない限り、ヴァンパイア族がグドルーンを攻撃《こうげき》することはあるまい。そしてグドルーンが聡い女ならば、そのような愚《ぐ》は犯《おか》さない。

「率直《そっちょく》にお伺《うかが》いするが、アグニカと軍事同盟を結ぶ予定はおありなのか？」

とついにエランデル伯爵が切り込んできた。これもきっと、パシャン二世とイスミル王妃の意向だろう。このために、エランデル伯爵は今日の晩餐会《ばんさんかい》に招かれたに違いない。

「我がレオニダス王は望んでおりません。自分も望んでおりません。大長老も望んでおりません。アグニカと組んで倒《たお》さねばならぬ敵はありません。ピュリスもガセルも、ヒュブリデにとって大切な友です。そしてピュリスとの間には、強い平和協定の絆《きずな》があります」

とヒロトは明言した。イスミル王妃は黙って聞いている。恐らく、得たいものを得たのだろう。

（これで終了《しゅうりょう》かな？）

ヒロトはそう予想したが、まだ終わってはいなかった。

「失脚《しっきゃく》したハイドラン侯爵《こうしゃく》は、アグニカとの軍事同盟に積極的だったと聞いておる。同じ考えの大貴族が多いのではないか？」

とさらにエランデル伯爵が突《つ》っ込んできた。なかなかしぶとい。エクセリスは黙って赤いスープを飲んでいる。

「アグニカと手を組むべきだと考えている大貴族はいるでしょう。ですが、ガセルに来てガセルの美女たちを目にしてこの料理を味わえば、考え方は変わるでしょう。アグニカに対して激辛《げきから》の意見を開陳《かいちん》するようになるかもしれません」

ガセルの激辛料理に引き寄せての返しに、思わずエランデル伯爵が爆笑《ばくしょう》した。イスミル王妃も、そしてパシャン二世も笑っている。

「余はそちがアグニカとの和平協定に尽力《じんりょく》してくれたことに満足しておる。グドルーンに対しても期待しておる」

とパシャン二世が口を開いた。

自分への肯定《こうてい》だな、とヒロトは察した。このタイミングでヒロトがアグニカとの経済協定の締結に尽力したことを褒《ほ》めるということは、ヒロトが宴席《えんせき》で口にしたこと——具体的には、アグニカと軍事同盟を結ばないと言明したことを指しているのだろう。それに対する、王なりのエールに違いない。その上で、ヒロトにグドルーンとの問題を解決するように促《うなが》しているのだ。

しかし、真面目に返さぬのがヒロトである。

「となると、まずはパシャン王のように口髭を伸ばすことから始めねば——」

ヒロトの答えに、またイスミル王妃が、パシャン二世が、そしてドルゼル伯爵とエランデル伯爵が笑った。

5

宴がお開きになると、パシャンは満足を覚えた。妻のイスミルは、アグニカと同盟を結ばないという言質を得られればと事前に話していたが、その言質が得られたのである。

《我がレオニダス王は望んでおりません。自分も望んでおりません。大長老も望んでおりません》

非常に力強い言葉だった。ヒロトは三度、主語を変えて同じことをくり返したのだ。最初は王。次にヒロト自身。そして、最後に大長老。

王自身も反対している。王国のナンバーツーも反対している。そして大長老――エルフのトップも反対している――。

ヒュブリデがアグニカと軍事同盟を結ぶことはない。つまり、ヒュブリデがアグニカを守るために軍を派遣《はけん》する可能性は極《きわ》めて低いということだ。

ただ、戦争を起こせば銀不足を引き起こすとヒロトは忠告していた。イスミルが看破する通り、我がガセルがアグニカに進軍することは牽制しておきたいようだ。

だが、ともかくもアグニカと軍事同盟を結ばないという言質は得られた。アグニカが経済上で不誠実を引き起こした場合も、ヒロト自身が問題解決に乗り出すという話も聞けた。

王としては満足の答えである。

6

イスミルも大満足であった。ヴァンパイア族をグドルーン制圧のために投入するという話は聞けなかったが、欲《ほ》しかった「アグニカとの軍事同盟は結ばない」という言質を得られたのだ。おまけに、アグニカとの間に大きな問題が生じた場合には、ヒロトが乗り出すことも言及された。「行かざるをえなくなる」という言い方をしているが、ヒロトが行くと見て間違いないだろう。心強い発言である。

（我が国《くに》に報《むく》いてくれた者には、報いなければ）

そうイスミルは決意した。今日の宴の結果によってどうするか考えていたのだが、実行してよさそうだ。

エランデル伯爵と目が合った。

「お呼びでございましょうか？」

とエランデル伯爵が近づく。

「あれを」

とイスミルは促した。

「あれでございますか？　ドルゼルの話では、ヒロトには決まった者がおるようでございます」

とエランデル伯爵が渋《しぶ》る。

「でも、外国からの貴賓《きひん》に贈《おく》らぬのは失礼です。ヒロトはアグニカとは同盟せぬ、アグニカとの間に大きな問題が生じた場合には自分が乗り出すと言明してくれたのです。それに報いなければなりません」

「もし国務卿《こくむきょう》が断ったら？」

エランデル伯爵の言葉に、イスミル王妃は微笑んだ。

「きっと断りません。わたしからの贈り物ですと言いなさい」

7

ヒロトはすでに部屋に戻っていた。早速ミミアが洋梨を剥《む》いてくれる。ガセルの洋梨は瑞々《みずみず》しく、しゃきしゃきしている。しゃきしゃき感がピュリスより一枚上だ。

ミミアがエルフの騎士アルヴィに洋梨を差し出し、アルヴィが笑顔《えがお》で受け取った。早速《さっそく》頬張《ほおば》る。

「ガセルはヴァンパイア族の介入《かいにゅう》を期待しているみたいね」

とエクセリスが顔を近づけて話しかけてきた。ひそひそ声なのは、密偵《みってい》に壁越《かべご》しに盗《ぬす》み聞《ぎ》きされるのを防ぐためである。

「アグニカを信用していないんだと思う。また約束を破ることになる、そうなれば戦争するしかないと思ってるんだと思う。ただ、戦争をすれば銀不足を引き起こすことになる。戦争をためらっている感じはないけど、できれば銀不足を引き起こしたくない気持ちもあるんじゃないかな。それでヒュブリデに対して、特にヴァンパイア族に対して期待しているんだと思う」

とヒロトは推測を披露《ひろう》した。

「あなたが出るって言っちゃってよかったの？　グドルーンは口で言っても聞かないわよ。あなたの雄弁も通用しない。だって、あなたのことを嫌ってるんだもの。リズヴォーンとは違うのよ」

とエクセリスは否定的である。リズヴォーンとは、マギア王の妹のことだ。ヒュブリデがマギアに対して賠償《ばいしょう》問題を解決しようとしていたことを事前につかみ、レグルス共和国のオルディカス大使とともにヒロトの目論見《もくろみ》を打破。さらにヒロトと面会しないという方針を貫《つらぬ》いてヒロトとレオニダスを打ち砕《くだ》こうとした女だ。だが、最終的にはヒロトがリズヴォーンの説得に成功している。

「リズヴォーンもあなたと合うタイプじゃなかったけど、グドルーンの場合はあなたを嫌っている。嫌う正当な理由もある。その状態でいくら雄弁を披露しても、無理よ。嫌われるだけよ」

とエクセリスはあくまでも否定的な態度を崩《くず》さない。

「ヴァンパイア族がガセルに味方する可能性は？」

と騎士アルヴィがひそひそ声で尋ねてきた。ヒロトは首を横に振った。

「基本的にヴァンパイア族はヒュブリデに対してしか関わらない。ヒュブリデを助けることはヴァンパイア族の名誉《めいよ》になるからね。でも、アグニカとガセルの件は、ヒュブリデに危機が降りかかっているわけじゃない。ガセルに味方しても、果たして自分たちの名誉になるってヴァンパイア族が捉《とら》えてくれるか」

ヒロトは悲観的な見方を示した。

「サラブリア連合がだめなら、ゲゼルキアは？」

とエクセリスが尋ねた。

「接点がない。関与《かんよ》しないよ」

「じゃあ、デスギルドは？」

「アグニカまでは遠すぎる」

「それじゃあ、グドルーンに打つ手なしよ」

エクセリスが言った直後だった。ノックの音につづいて、エルフの騎士が入ってきた。

「客人が大勢見えておりますが」

とエルフの騎士が言う。

「大勢？」

「エランデル伯爵《はくしゃく》が見えております」

「伯爵なら入れて」

答えた直後だった。伯爵が姿を見せ、その後ろから胸元露《むなもとあらわ》なドレスで着飾《きかざ》ったガセルの美女たち十人が部屋に入り込《こ》み、ずらっと整列してみせたのだ。

（え……）

ヒロトは目が点になった。胸の谷間を露にした魅力《みりょく》たっぷりの美女十人がヒロトの前に勢ぞろい――。ドラマで見たような光景である。

（何、これ……）

ヒロトは十人の美女に呑《の》まれた。エクセリスもソルシエールもミミアも虚《きょ》を衝《つ》かれている。アルヴィも口が半開きだ。エランデル伯爵が恭《うやうや》しく告げた。

「妃殿下からの贈り物でございます」

ヒロトの頭の中で、通電が切れた。

（贈り物って……）

「お好きにお選びください。一人でも二人でもかまいませんぞ」

とエランデル伯爵がにこやかに言う。

（ひ、一人？　二人？　まさか――）

「えっと……これ、自分のベッドに連れていっていいってこと？」

「ご自由に」

とエランデル伯爵が笑顔で告げる。とろけるような笑顔である。

（ぎえ〜〜っ！　まずいよ！　選べるわけないじゃん！　グドルーンに求婚《きゅうこん》するとか言った時にもエクセリスたちに誤解されて大騒《おおさわ》ぎになったのに、ベッドに連れ込んだら、内戦勃発《ぼっぱつ》じゃん！）

受ける？

まさか。絶対受けてはならない。全員帰って――。

（あ）

ヒロトは重要なことに気づいた。

（王妃からの贈り物――）

つまり――断れば、王妃の厚意《こうい》を無下にしたということになる。

（こ、こ、断れない……！）

ダブルバインドであった。

（ぎょえ〜っ！　受けなければ王妃を無下にする！　受ければ、内戦勃発！）

最悪の二択《たく》であった。

（どうすれば――）

どうしようもなかった。受ければ王妃は満足するが、エクセリスやソルシエールやミミアとの関係は破綻《はたん》する。激しい内戦が起きる。受けなければ内戦は勃発しないが、王妃の厚意を無下にしたことになる。それはガセルの王たちとの親睦を深めるという目的に反することになる。

どうする？

どうしようもない。

（手が……）

ぐぎぎ……と困惑《こんわく》へ向かったところで、悪魔《あくま》が囁《ささや》いた。

《受けちまえ》

　無責任な発言だった。

（馬鹿言うな！　受けたらエクセリスに殺されるだろ！　ヴァルキュリアにも――）

《男なら受けろ。欲望に走れ》

　悪魔がさらに畳《たた》みかける。

（誰《だれ》が欲望に乗るか！）

　抵抗《ていこう》する。

《ガセルの女はいいぞぅ。ガセルの女を試《ため》してみたくないか？　ガセルに女をつくって、その女を密偵に仕上げれば――》

　と悪魔もしぶとい。

（だ・か・ら！　三人との関係が壊《こわ》れるだろ！　いったい何の企《たくら》み――）

　そこでヒロトは、はっとした。

　企み。

　意図。

　自分の意図。自分の狙《ねら》い――。

（あ）

ピンと来た。

使えるという言葉が閃《ひらめ》いた。

王妃の厚意を無下にせず、自分の狙いを果たす方法がいきなり閃いたのだ。

にんまりと笑みが走った。笑いを抑えられない。

危窮は好機。

（受けちまえ）

ヒロトは悪魔の声に同意した。

「王妃には感謝の言葉を」

とヒロトはまず答えた。エクセリスが軽く睨《にら》む。警戒《けいかい》している。ヒロトが受けるのではないかと危惧《きぐ》しているのだ。ソルシエールもミミアも、ヒロトが受けるのだろうかと心配顔である。

（心配しないで。その心配、当たってるから）

ヒロトははっきり言い放った。

「せっかくなのでお受けいたします」

ミミアが、ソルシエールが、ムンクの名画『叫《さけ》び』のような顔をするのが目に入った。

エクセリスは固まっている。

「おおっ！　よかった！　妃殿下もお喜びになります！　それでどの者を――」

喜ぶエランデル伯爵に、ヒロトは白い歯を見せて答えた。

「全員」

8

ドルゼル伯爵が部屋を出ていったあとの部屋は、突然零下《とつぜんれいか》の世界に変わっていた。温帯の世界から冬の南極基地の世界へ一変である。凄《すさ》まじい寒風を吹《ふ》きつけていたのは、エクセリスだった。

視線がすでにブリザードであった。髪《かみ》の毛《け》は雷《かみなり》発生装置であった。

「どういうつもりなの……？」

鋭い三白眼で睨みつける。視線が痛い。まるで気温四十度の日差しのように、視線が痛い。もろに視線が肌《はだ》に食《く》い込む。

「ヒロト様……」

と涙目《なみだめ》になっているのはソルシエールである。ミミアはまだムンクの『叫び』のままである。アルヴィはどのように声を掛《か》ければいいのか、答えを出せずに固まっている。

「一人一人寝室《しんしつ》に連れ込む。貴重な時間だからね」

とヒロトは答えた。エクセリスの眉《まゆ》がぴくぴくと動いた。エクセリス火山、噴火《ふんか》直前である。そばで騎士のアルヴィが引いている。これから待っている大惨事《だいさんじ》に怯《おび》えているのた。

「ガセルの女とするのがそんなに貴重なの？」

トークスピードが遅《おそ》めで、なおかつ声が刺々《とげとげ》しい。爆発《ばくはつ》寸前である。

「だって貴重だよ。彼女《かのじょ》たちから――」

とヒロトはエクセリスに耳打ちした。エクセリスの表情が一変した。

「え？」

「でしょ？」

「そのために受け入れたの？」

とエクセリスはまだ信じられない様子である。

「だって、誰かさんに夜は絞《しぼ》られてるから」

じ～っとエクセリスがねっとりとした視線で見る。誰かさんとはエクセリスのことである。

ソルシエールはまだ目が点だった。ミミアはようやくムンクの『叫び』から解放されたばかりである。

「まさか、全員とおやりに――」

アルヴィはまだ勘違《かんちが》いしているようだ。ヒロトはアルヴィにもミミアにもソルシエールにも説明してみせた。緊張が一気に緩《ゆる》んで、三人が破顔する。

「そのようなことならば――」

とアルヴィはすっかり笑顔である。

ヒロトは息をついた。ようやく難は逃れた。

「ミミアとソルシエールはあとでグラスと蜂蜜酒《ミード》を持ってきて。それが重要だから」

とヒロトは二人に告げると、十人のガセル美女に向き直った。

「じゃあ、一人ずつ。まず先頭の人から」

美女十人は顔を見合わせた。

いよいよなのね。いよいよ夜伽《よとぎ》を務めることになるのね。

そんな顔である。その顔の裏には、驚嘆《きょうたん》もあり、呆《あき》れもあり、不安もある。何人かは、ヒロトに対して、「この色情狂《きょう》」と思っているに違いない。

だが、説明せずにヒロトは寝室に向かった。扉《とびら》を開けて中に入る。赤いドレスを着けたガセル美女が入ってきた。細い腕《うで》に細い脚《あし》。胸はDカップくらいはありそうだ。浅黒い肌だが、顔だちは美しい。エクセリスも美女だが、それに劣《おと》らぬ美女である。まるでミス・

ユニバースの会場を埋《う》め尽《つ》くす選ばれた世界の代表の一人のようだ。目鼻だちの美しさといい、顔だちの整い具合といい、群を抜《ぬ》いている。明らかな美人顔である。きっとイスミル王妃が美しい女をと、命じて選ばせたに違《ちが》いない。

扉を閉めると、美女はすぐにドレスを脱《ぬ》ぎにかかった。

「脱がなくていいから」

ガセル美女が不思議そうな顔をする。

「着たままする方がお好き――」

ガセル美女の問いを遮《さえぎ》って、

「そう、着たままの方がね。でも、するの内容が違っている。着たままの方が、互《たが》いに気《き》兼《が》ねなく話せる」

とヒロトは答えた。ガセル美女はうなずいた。だが、心ここにあらずのうなずき方である。ヒロトの意味は伝わっていない。

「名前は？」

ヒロトに尋ねられて、ガセル美女は答えた。

「ダナイ」

「ダナイは首都の人？」

ダナイは首を横に振った。

「どこから来たの？　おれ、ガセルのこと全然知らないから教えて」

「ゲルサイ」

とダナイが答える。

「どんな町？　港町？　山の麓《ふもと》にある町？」

沈黙《ちんもく》が返ってきた。ダナイが戸惑《とまど》っている。ヒロトはようやく説明に出た。

「エランデル伯爵は自由にしていいって言った。押《お》し倒して組み敷《し》くのも自由にすること。帰すのも自由にすること。そしてこんなふうにいっしょに故郷の話を聞くのも、自由にすること。おれはガセルって、素敵な国だなって思ってる。せっかくだから、ガセルの話をいっぱい聞きたいなって思ってるんだ。ガセルでガセルの人間から話を聞く機会なんて、めったにない。だから、まずはどこから来たのか、どんな町なのか、どんな面白《おもしろ》い人たちがいたのか、是非《ぜひ》聞かせてほしいんだ。御礼《おれい》に、とっても美味《おい》しいヒュブリデの蜂蜜酒《ミード》をご馳走《ちそう》するよ」

ミミアとソルシエールがグラスと蜂蜜酒を持って寝室に入ると、ガセルの女は郷里の話をしていた。

「今日、蟹《かに》の辛《から》いやつを食べたんだけど、あれ、美味《うま》いね？」

とヒロトが話している。

「ムハラというご馳走なんです。大辛子《からし》を入れて、ぐつぐつ二時間煮込《にこ》むんです。大きな蟹であればあるほど、美味しいんです」

と顔だちの整った女が説明している。正直、ミミアやソルシエールたちより美人である。ミミアもソルシエールも、美人という顔だち、すなわちミスコン顔ではない。かわいい系の顔である

「どんな時に食べるの？」

とヒロトが尋《たず》ねる。

「お祝い事のある時。結婚式《けっこんしき》とか――」

「子供の成長を祈願《きがん》する時も？」

「ハラハルの時には、甘《あま》いお菓子《かし》を食べます。輪っかになった菓子パンを一つ一つ積み重ねて山にするんです。輪は上に行くにつれて小さくなっていくので――」

と美女が説明する。

「輪でできた山をつくるんだ。それがどんどん成長して立派な山になるようにっていう願を掛けてるのかな？」

「そうです、そうです」

と女がうなずく。

ミミアがヒロトにグラスを渡《わた》し、ソルシエールがガセルの女にグラスを渡した。まずヒロトに、次に女に蜂蜜酒を注ぐ。

「ガセルでも蜂蜜酒は取れるんでしょ？」

「取れます。でも、数はそんなに多くないんです」

「ヒュブリデでも一番評判の高い、オセールのだよ」

ガセル美女が蜂蜜酒を飲んで、ぱっと目を輝《かがや》かせた。

「香りが素敵《すてき》！　それに美味しい！　甘ったるくない……！」

と歓喜《かんき》の声を上げる。

「オセールはこういう味なんだ」

「美味しい……」

とガセル美女は感激している。ミミアとソルシエールは寝室を出た。

しばらくして三十分ほどで女は出てきた。次の女が部屋に吸《す》い込まれていく。また三十分後に次の女が、さらに三十分後に次の女が部屋に入っていく。戻《もど》ってきた女はヒュブリデの金貨を仲間に見せていた。ヒロトは話を聞いた御礼に金貨を渡しているようだ。服も乱れていないところを見ると、本当にヒロトはセックスをしていないらしい。

（でも、いきなりってことは……）

10

ヒロトは最後の十人目を迎《むか》えていた。さすがに五時間近く話を聞いて疲労《ひろう》はある。けれども、ガセル美女たちの話は興味深いものだった。

ガセル美女が口をそろえて言っていたのは、アグニカの男は嘘《うそ》つきだということだった。河《こ》を越えて男女の関係になって夫婦《ふうふ》になることを約束しても、帰ってきた例《ためし》がないという。結局はガセルの女を捨ててアグニカの女と結婚《けっこん》してしまうそうだ。アグニカに対する反感には、こういう部分も関わっているのかもしれない。

パシャン二世についても色々と聞けた。やはり神経質で、用心深い人らしい。子供の頃《ころ》に色々と大変なことがあったので、警戒されるようになったのだろうということだった。妻のイスミル王妃の方が警戒心《けいかいしん》は強くないが、やはり頭のいい女性のようだ。いつも何か策を考えていらっしゃる、と評していた。

九人から話を聞いて面白かったのは、グドルーンの話だった。グドルーンの居城の近くのシドナで、アグニカ商人が山ウニの値段を五倍に吊《つ》り上げて販売《はんばい》、ガセル人が激怒《げきど》して二百人のガセル兵を呼ぶという事件があったらしい。イスミル王妃が五倍と話していた元ネタである。アグニカは危機に陥《おちい》ったが、グドルーン女伯《じょはく》が現れて敵を一刀両断、さらに山ウニをタダでくれてやったという。

（タダ……⁉）

解《げ》せない行為《こうい》だった。山ウニ税のせいでグドルーンは損をしているはずなのだ。なのに、なぜタダ？

わからない。

ガセルの歓心《かんしん》を得るため？

何のために？

わからない。

イスミル王妃は、腐《くさ》ったメティスだと話していた。剣技《けんぎ》に秀《ひい》でるが、誠意がないと。だが、誠意のない女が、タダで貴重な山ウニをくれてやったりするものだろうか？

ますますわからない。ともかく引っ掛かった話だった。引っ掛かったまま、ヒロトは最後の女を迎えた。

十人目のガセル美女は、十人の中で最もグラマーな女だった。Ｆカップ近くありそうな胸をドレスの下から浮《う》き立たせている。

「皆《みな》がヒロト様はとてもお優《やさ》しい方だと感服しております。全員と言われた時には野獣《やじゅう》のような方かと思っていたけど、全然違う、とても優しい方だ、ずっとお話を聞いてくださったと。改めて感謝を申し上げます」

と頭を下げた。

「野獣かもしれないよ。蝶《ちょう》のように舞《ま》い、蜂《はち》のように刺《さ》す」

ヒロトはアメリカの伝説的なヘビー級プロボクサー、モハメド・アリの言葉を引用してみせたが、見事に滑《すべ》った。ヒロトが今いるこの世界には、モハメド・アリはいないのだ。違う世界の文化の文脈を持ってきても、滑るに決まっているのである。

「御礼に占《うらな》いをしてさしあげようと思いますが、よろしいですか？」

と女は申し出た。

「当たるの？」

「はい」

と女は答えた。向こうの世界にいた時、ヒロトは占いをしてもらった経験がない。

（ものは試しだ。経験してみるのもいいかも）

そう思って、

「じゃあ、お願い」

とヒロトは頼《たの》んでみた。Ｆカップのガセル美女は、小さな袋《ふくろ》から石を取り出した。ベッドの上に一つ一つ並べる。

「では、お好きなものをさわってください」

言われて、ヒロトは気になる石に触《ふ》れてみた。ガセル美女はすぐに袋に石をしまい直して片手を突っ込み、揉《も》み込むように手を動かしていたが、やがてまた一つ一つ石を並べはじめた。

石には模様が描《えが》いてあった。ヒロトの世界のルーン文字に少しだけ雰囲気《ふんいき》が似ている。

「あなたは転落するでしょうって書いてある？」

冗談《じょうだん》で言うと、

「はい」

と答えが来て、ヒロトはひっくりかえった。

（何、それ？　これが占いのマインドコントロール？）

と早くも疑惑《ぎわく》の鬼《おに》が目を覚ます。

「ヒロト様をお好きな方は五人いらっしゃいます。五人ともヒロト様のことを愛していらっしゃいます」

五人――ヴァルキュリア、ミミア、ソルシエール、エクセリス、そして――ラケル姫《ひめ》である。数は合っている。

（でも、たまたま当たるってこともありうる）

と疑惑は消去しない。

「一人はとても心優《こころやさ》しい方。一人はとてもヒロト様に感謝されている方。一人はとても嫉《しっ》妬《と》深《ぶか》い方」

ヒロトは吹きそうになった。嫉妬深い方というのは、エクセリスに間違《まちが》いない。

「あと別の一人の方が、とても寂《さび》しがっていらっしゃいますね。凄《すご》くヒロト様に会いたがっています」

と美女はつづけた。

すぐに誰のことを言い当てられているのかわかった。ヴァルキュリアだ。ヴァルキュリアは別《わか》れ際《ぎわ》も、とても寂しがっていた。

「あと一人、とても高貴な方がいらっしゃいます。その方もとてもヒロト様を愛していらっしゃいますが、凄く悩《なや》まれているみたいです。何か縛《しば》りがあるのでしょう」

ラケル姫だとヒロトは思った。ラケル姫が自分を好きなのは、ヒロトにもわかっている。ただ、彼女は北ピュリスの王族。ヒロトと親密になれば、ヒュブリデ国内で北ピュリス再興の勢いが強まってしまう。そのことをためらっているのもまたわかる。

（よくわかるもんだな）

と感心する。

「でも、五人の女性は皆、とても心根のいい方《かた》です。こちらの方《ほう》ではヒロト様が悩まれることはありません。寂しがっていらっしゃる方《かた》だけ、お優しくしていただければ」

とガセル美女が告げる。ヴァルキュリアに優しくしろということらしい。

「ただ、ヒロト様のことを憎《にく》んでいる女がいます。とてもとても高貴な方《かた》です。その方、何か宝物を手に入れたようです」

とガセル美女がつづける。

「宝物って？」

「わかりません。石かもしれません。ヒロト様は石のことでひっくり返される、御《お》立場《たちば》が悪くなると出ているのです」

「石？」

とヒロトは聞き返した。

「石でも転がってくるの？　それとも、石につまずくの？」

軽くからかうと、

「山に何かがあって、石のことでヒロト様は御立場が悪くなります。そのことで、高貴な方にとてもいやな目に遭《あ》わされるみたいです。この方、遠くにいらっしゃる方です」

占いは占い。当たるも八卦《はつけ》、当たらぬも八卦。論理性の世界とは違う世界。それほど信用しているわけではないのに、なぜか引っ掛かった。

（遠くにいる女で、おれを憎んでいて、高貴な女って――）

ヒロトが思い当たるのは一人しかいなかった。

（グドルーン女伯――）

第九章　鳶《とび》と鷹《たか》

1

ラスムス伯爵は、アグニカ王国のサリカ港でリンドルス侯爵《こうしゃく》の出迎《でむか》えを受けたところだった。誰が自分を迎えてくれるのか気になっていたのだが、王国の重鎮《じゅうちん》が出迎えてくれた。自分はそれなりに重要な人物として考えられているということか。

「お元気そうですな。先日ヒュブリデを訪《おとず》れた時はあいにくお会いできませんでしたが、お目にかかれて光栄です」

とリンドルス侯爵が巨躯《きょく》を折り曲げる。

「いやいや、侯爵はお忙《いそが》しい方。その中このようにお出迎えいただいて感謝しかございません」

とラスムスも軽く頭を下げる。

「船旅はいかがでしたかな？」

とリンドルス侯爵が気づかう。

「老体にはこたえますな」

「いやいや、まだお若いでしょう」

とリンドルス侯爵がフォローに掛かる。

「もう墓場まであと何歩というところでございます。王への最初で最後のご奉公《ほうこう》となりましょう。王からもよろしく伝えてくれと言われております」

と応じる。互いに互いを立てながら、裏は見せない。

「ささ、どうぞ」

とリンドルス侯爵に案内されて、船から今度は馬に乗り換《か》えた。陸路、王都を目指すことになる。

「女王はお元気でいらっしゃいますか？　この老人が来ると聞いてがっかりされていらっしゃるのではありませんか？」

とラスムスは探《さぐ》りを入れてみた。

「楽しみにされております。わたくしめを送られたのが何よりの証拠《しょうこ》。と言いつつ、実はうるさい輩《やから》を体《てい》よく追い出しただけかもしれませんがな。わたしもだいぶ老体でございますゆえ」

とリンドルス侯爵が自虐《じぎゃく》ネタを披露する。

「一番信頼《しんらい》できる方をお願いされたのでしょう。それに、老体には老体が合うもの。若者とは話が合いませんからな」

ラスムスのフォローに、

「確かに」

とリンドルス侯爵は笑った。その笑《え》みに、ラスムスも微笑《ほほえ》んだ。

（まずはよき門出《かどで》だ）

2

アグニカ王国宰相《さいしょう》ロクロイは、宰相に割り当てられた部屋で外を眺《なが》めているところだった。遙《はる》か彼方《かなた》には山が見える。アグニカは森の国、山の国である。その意味では、マギア王国に近い。だが、権力基盤《きばん》についてはマギアの安定性からはほど遠い。

アグニカ王国は、国内に爆弾《ばくだん》を抱《かか》えている。不発弾《ふはつだん》という言い方をしてもいいだろう。女王アストリカが玉座に就《つ》く時、もう一人女王候補がいたのだ。

グドルーン女伯――。

グドルーンを支持する大貴族も、少なからずいた。どちらかに決めかねている大貴族も大勢いた。その中で、早々とアストリカ支持を打ち出し、グドルーン支持者を切り崩してアストリカを即位《そくい》させたのが、リンドルス侯爵だった。アストリカの玉座は、リンドルス侯爵が用意したものなのだ。

それゆえに女王即位後も、リンドルス侯爵は宮廷《きゅうてい》に強い影響力《えいきょうりょく》を持ちつづけている。形式上は女王が国家元首だが、国を大きく左右しているのはリンドルス侯爵である。

女王の政治を進めるには――そしてロクロイ自身の政治を進めるには――リンドルス侯爵の排除《はいじょ》が望ましい。しかし、今それを行うのは現実的ではない。いずれ将来的にということだ。だが、将来、是非実現せねばならないことでもある。

（トルカ戦役《せんえき》の時にメティスがリンドルスを殺していれば問題はなかったのだが……）

騎士《きし》が部屋に入ってきた。

「ミラスから参りました。吉報《きっぽう》でございます」

と騎士は先に伝えた。

「リンドルスでも死んだか？」

騎士は笑顔《えがお》で首を横に振《ふ》った。

「我《わ》が国《くに》は大きな力を手に入れました。宝の山を見つけたのでございます」

「明礬《みょうばん》石の鉱山を見つけました。非常に大きなものです。これが証拠の明礬石でございます」

と騎士はごつい固まりを手渡《てわた》した。緑っぽい模様が入っているが、全体的に白っぽい。一目で、純度が高いとわかる明礬石の固まりだった。

ロクロイは息を呑んだ。

リアル中世ヨーロッパでも、明礬石の鉱山の発見は、金山や銀山に匹敵《ひってき》するほどの発見だった。イタリアで発見した男も、教皇に対して手紙を書いている。それほどの大事件だったのだ。

「それで陛下には⁉」

「宝の山？」

3

女王アストリカは、アグニカ商人から届いたばかりの手紙を読んでいるところだった。

《ヒュブリデは明礬石を探している模様。明礬石が不足して高騰《こうとう》しているとのこと。噂《うわさ》では鉱山に問題が起きたとか》

アストリカは乱暴に手紙を置いた。こんな手紙をもらっても無用だ、とアストリカは思った。アグニカに大きな明礬石の鉱山はない。鉄といっしょに明礬石が採れるのは知っているが、大量ではない。それに、焼成《しょうせい》してもあまり白くはならない。ヒュブリデが探しているのは、きっと水青染めや大青染めや紫《むらさき》染めに使う白い良質な明礬石だろう。アグニカには明礬石の鉱山はほとんどなく、銀と鉄の鉱山が豊富なのだ。

（もし本当に不足しているとするのなら、わらわにろくでもない使節を向けた罰《ばつ》が下ったのです。精霊《せいれい》の罰です）

そう思った直後だった。

「陛下、吉報でございますぞ」

と宰相ロクロイが部屋に飛び込んできた。

「鳶が鷹を産みましたか」

と冷たく返すと、

「おっしゃる通りです。我らは鳶から鷹になります」

とロクロイは即答《そくとう》した。

（鷹？）

不審《ふしん》に思うアストリカに、ロクロイは畳みかけた。

「我が国で明礬石の大きな鉱山が発見されました。非常に良質の明礬石が豊富に眠《ねむ》っているとのことです。我が国は鳶から鷹になったのです」

　アストリカは、一瞬《いっしゅん》口を開けなかった。

　今届いたばかりのアグニカ商人の手紙――。アグニカに良質な明礬石の鉱山はない。それゆえ無用の長物だと思っていた。

　だが――。

「それはまことなのか？」

　とアストリカは聞き返した。

「まことでございます。この通り証拠もございます」

　とロクロイは明礬石を手渡した。

「おお……」

　思わず声が漏《も》れた。アストリカも明礬石は知っているが、もっと小さな固まりだった。

　だが、今目にしているのは――。

「よくやりました！　これで我が国は安泰《あんたい》です！　それで明礬石はどこに――」

透明《とうめい》なガラスは高級品である。そのガラスをふんだんに使った、よく日光の射《さ》し込《こ》む応接間で、グドルーンはソファに腰掛《こしか》けながらにんまりと笑みを浮かべていた。手には緑っぽい大きな白い岩の固まり――。

「本当に山全体が明礬石なんだね」

とグドルーンは確認《かくにん》した。

「間違いございません。今も第一の坑口《こうこう》で採掘《さいくつ》中ですが、次々と明礬石が出ております」

グドルーンはうなずき、シドナの時にもつき従った二人の巨漢の一人に、

「おまえ、あとでついていって確認しておいで」

と命じた。それから楽しそうに唇《くちびる》を三日月の形に微笑ませた。

「精霊様はいつでもお恵《めぐ》みをくださるねえ。まさか、ボクの領地から明礬石の鉱山が見つかるなんてねえ。ボクは果報者だねえ」

笑みが浮かんできてたまらない。これであの憎らしい辺境伯《へんきょうはく》に復讐《ふくしゅう》できる。

グドルーンは巨漢に顔を向けた。

「ほら、言っただろ？　危窮の時は最大の好機だ、きっとボクに時運が回ってくるよって。ちゃんと回ってきたじゃないか」

言葉を向けられて、護衛の騎士はさらりと返した。

「女王は悔《くや》しがっているでしょう」

「悔しがればいいさ。ボクが一番欲《ほ》しかったものを愚《おろ》かなデブといっしょに奪《うば》い取ったんだからね」

とグドルーンは毒気を込めた。一番欲しかったものとは玉座、愚かなデブとはリンドルス侯爵のことである。

グドルーンの表情は怨嗟《えんさ》に歪《ゆが》んだが、すぐに元通り柔和《にゅうわ》な表情に戻った。

「さて、これをどうしようかねえ。商人からの手紙によると、ヒュブリデは困っているみたいだけどねえ。せっかく手に入った宝物だから、最大限に利用しないとねえ」

と意地悪な笑みを浮かべる。巨漢は黙《だま》っている。護衛には、これが嵐《あらし》の前の静けさだとわかっているのだ。

「辺境伯はどうするかね。ボクのところにのこのこやってきて頭を下げるかね？　痛快だねえ」

と笑う。

「でも、あの頭のいいやつのことだ。まずは確認するかもしれないね。吸血鬼《きゅうけつき》を派遣《はけん》して本当か確かめさせるかもしれない」

「撃退《げきたい》しますか？」

と騎士が尋ねた。

「撃退できるわけないだろ。それに、いくら吸血鬼でも鉱山は占領《せんりょう》できない。来たら手を振って、石でも見せてやればいい」

そう笑うと、突然《とつぜん》グドルーンの目が険しく、妖《あや》しい輝きを帯びた。

「鉱山監督《かんとく》長官にも商人にも厳命しな。勝手に売ることはまかりならん。誰《だれ》に売るかどうかはボクが決める。破ったら、殺す」

第十章　凶報《きょうほう》

1

レオニダスは執務室《しつむしつ》で、気に食わない知らせを聞かされたところだった。国内で最も明礬石を産出するウルリケ鉱山が、出水で採掘不能になったのだという。

「排水《はいすい》しろ」

とレオニダスはいらだたしげに書記長官に命じた。

「やっているようでございますが、期待しないでいただきたいと。相当難行しているようでございますな」

「なら、新しい鉱山を見つけろ」

「それもしているようでございますが、鉱山を見つけるのはそう簡単ではございませんので……」

レオニダスはイラッとして叫《さけ》んだ。

「いいから何とかしろ！　できなかったら、死刑《しけい》だ！」

2

ヒュブリデ王国の大長老ユニヴェステルと宰相パノプティコスも、レオニダス王につづいてウルリケ鉱山の話を聞いたところだった。

非常に思わしくない知らせだった。影響《えいきょう》が出るのは半年後だろうということだったが、半年後といってもおちおちしていられない。

陛下はなんとしても新しい鉱山を見つけだせと命じたらしい。すでにエルフの商人たちが国外で明礬石の入手ルートを探っているようだが――。

3

ヒュブリデ王国のエルフの商人ハリトスは、船に乗って港を出発したところだった。目指すはテルミナス河の上流、アグニカ王国――。

国内で明礬石の鉱山が見つかったらしいという極秘《ごくひ》の情報を手に入れたのである。場所はグドルーン女伯《じょはく》が統治するミラス。なんでも、かなり良質の明礬石らしい。

（人をやって確かめている場合ではない。いの一番に駆《か》けつけて、とにかく大口で買いつけねばならぬ）

そうハリトスは決意した。

だが――なんと皮肉なことよ。ハリトスも、グドルーン女伯がヒュブリデに悪感情を懐《いだ》いていることは知っている。原因は山ウニ税である。アグニカでの鉱石の商いは大商人のスワギルが仕切っているが、スワギルは女伯と関係が深い。よい話ができればよいが、恐《おそ》らくグドルーン女伯は何らかの妨害《ぼうがい》をしてくるだろう。

（なんとか手に入れられるとよいが……）

第十一章　特許状

1

ラスムスはアグニカの首都バルカまであと少しのところの距離《きょり》まで来ていた。今日一泊《ぱく》すれば、明日は王都――女王アストリカに謁見《えっけん》することになる。その日のうちに会えるかどうかが、試金石となろう。

「リンドルス侯爵はよくしてくれます。我々を大切に遇《ぐう》しようとしてくださっている」

と護衛の騎士が感心した様子で言う。

「わたしが辺境伯《へんきょうはく》ならば、もっと遇されておろう。もしかすると、港に女王が来ていたかもしれん」

とラスムスは答えた。

「まさか」

と軽く否定する騎士に、ラスムスは返した。

「アグニカは喉《のど》から手が出るほど、ヒュブリデの力が欲しいのだ。特に空の力がな。空の力が味方につけば、ガセルを恐れる必要はない。ガセル一国とだけ戦うのならアグニカも苦労はすまいが、ガセルにはピュリスがついている。ガセルとピュリスの二国を相手にするとなると、アグニカは厳しい。戦っても勝ち目はあるまい。だが、ヒュブリデの空の力が後ろにつけば、ガセルもピュリスもためらうことになる」

ラスムスの説明に、

「明日、女王は軍事同盟を再締結《ていけつ》するように言ってくるでしょうな」

「であろうな」

「早々と寒風が吹《ふ》かねばよろしいですが」

と騎士が懸念《けねん》を口にする。

「その時のために、王はわたしを派遣されたのかもしれぬ」

2

夜がアグニカ宮殿《きゅうでん》を訪れていた。執務室で、女王アストリカは難しい顔をして長机についていた。対面にいるのは、宰相のロクロイである。

明礬石が見つかった。それは何よりの吉報だった。だが、明礬石はグドルーンの領地にあったのだ。何よりの凶報であった。

金と銀を除いて、基本的に鉱山は採掘された場所を管轄《かんかつ》する者が十分の一の取り分を得る。つまり、アストリカには得られるものがないということだ。利益を得るのは、政敵のグドルーン――。

鉱山の収入は莫大《ばくだい》である。リアルのヨーロッパでも、領地の収入の半分以上を占《し》めていた。今で言えば、国家の収入や県の収入の半分を鉱山が叩《たた》き出していたということだ。それゆえに鉱山は宝の山なのである。

「理屈《りくつ》はわかりますが、何とかならないのですか？　わらわの国なのに、なぜ――」

と納得《なっとく》できない気持ちをアストリカはロクロイにぶつけた。

「お忘れでございますか？　陛下の即位を認める代わりに、数々の特権をグドルーンにお認めになったのです。金と銀の鉱山については、陛下直轄《ちょっかつ》とする。ただし、それ以外の鉱山については、グドルーンの領地で見つかったものはグドルーンの直轄とする。グドルーンの領地で明礬石が採掘された以上、明礬石はグドルーンのものです。陛下がどうこうすることはできません」

とロクロイが申し訳なさそうに説明する。

「謀反人《むほんにん》に仕立てて奪い取れぬのですか？　罪はいくらでも――」

　とアストリカが示唆《しさ》すると、

「間違いなく内戦になります。グドルーンに忠誠を誓《ちか》う大貴族はまだ健在でございます。無実の罪を着せれば、グドルーンの許《もと》に一致《いっち》団結して戦いましょう。さらにガセルとピュリスも加わることになりましょう」

「王都に来させて――」

「騙《だま》し討《う》ちには乗りますまい。グドルーンは騙し討ちを最も恐れておりますゆえ、代理しか王都に寄越《よこ》しますまい」

　アストリカは沈黙《ちんもく》した。王だからといって何もかもが自分の思うままになるわけではないのである。リアル近世ヨーロッパでも、絶対王政は「絶対」という名前ほど絶対的な権力があったわけではなく、影響力を持った様々な集団との折衝《せっしょう》の上で王権運営が成り立っていたことがわかっている。

（この国が不安定になるのは避《さ》けなければ……。誰かに奪い取られたり、他国に土地を奪われたりせぬようにしなければ……）

　ロクロイが口を開いた。

「ヒュブリデに対しては軍事同盟を締結させる。ヒュブリデ商人に対しては、明礬石を扱《あつか》いたければ明礬石の買値の二十分の一を納めよと命じる。一つでも断れば、特許状を取り消すと宣言する。これでよいかと思いますが」

商人にとって、特許状は異国での商売の許可証である。特許状があるからこそ、その国での通商が認められる。通行の安全も認められる。

だが――。

グドルーンの動きが気になる。玉座を狙《ねら》う、あの女狐《めぎつね》の動向が気になる。

「グドルーンめはどのような条件を突《つ》きつけてきますか？　よもや、自分を女王だと認めよと申してくるのではありますまいね？」

アストリカの不安に、ロクロイは答えた。

「では、アグニカ女王は陛下ただ一人であると宣言することも、条件に付け加えましょう」

3

グドルーンはミラス鉱山の視察から戻《もど》った巨漢の騎士にねぎらいの言葉をかけて、部屋に下がらせたところだった。

明礬石は豊富にあった。大きな山一つが明礬石だったという。坑口はすでに三つ開いていたが、三つとも良質な明礬石を次々と産出していた。せっかく見つけても採算が取れなくて放棄《ほうき》する以外にない鉱山もあるが、非常に利益をもたらしてくれる鉱山だった。しかも、産出するのは明礬石――。ヒュブリデの商人が探し求めているものである。近いうちにヒュブリデのエルフが嗅《か》ぎ当てて買いつけに来るだろう。

素直《すなお》に売る？

まさか。

個人的な恨《うら》みを晴らすために門前払《もんぜんばら》いする？　辺境伯が土下座せねば売らぬと答えてやる？

さぞかし気分はすっきりするだろう。だが――。

グドルーンは、執事《しつじ》に調べさせた報告書に手をやった。辺境伯がこの世界に現れてからの言動を、知りうる限りまとめさせたものである。

敵を倒《たお》すには、敵への憎悪《ぞうお》だけでは不可能だ。むしろ、憎しみはいらない。必要なのは情報だけである。

ヒロトは視野狭搾とは真逆の男だった。むしろ、時間を未来へ延ばし、空間を広げることによってリアルな未来を描き出し、対立する者たちを説得していた。今一瞬は利益を得られるけれど、数年後、十年後には逆に確実にマイナスを呼びますよ、というわけだ。敵対者たちが追求するものを手に入れても、手に入れたことによってかえって中長期的には不利益となることを暴《あば》き出すのが、ヒロトの手法である。そうして双方《そうほう》が最も中長期的に利益を得られる着地点に誘導《ゆうどう》するのがヒロトのやり方だ。

ある意味、協調的と言ってもいい。だが、ヒロトは協調のみを是《ぜ》とする男というわけではない。ピュリスが一万の兵を率いて攻《せ》め入った時には、ヴァンパイア族の力を借りて力で撥《は》ね返した。マギアに対してもそうである。ピュリス王の姪《めい》フレイアスに対しても、舌《ぜっ》戦《せん》にてモルディアス一世の敵討《かたきう》ちを果たしている。そしてつい最近のマギアとの賠償《ばいしょう》問題においても、ベルフェゴル侯爵を亡《な》き者《もの》にし、ハイドラン公爵《こうしゃく》を侯爵に降格させて政敵を葬《ほうむ》り去っている。舌鋒《ぜっぽう》でやり込めようとした相手には、ことごとく舌鋒でやり返して二の句が継《つ》げない状況《じょうきょう》に追い込んでいる。あの男には鋭《するど》い牙《きば》があるのだ。迂闊《うかつ》に挑《いど》みかかれば、たちまち弁舌《べんぜつ》の牙で噛《か》み切られる。

その上、ヒロトのバックにはヴァンパイア族がついている。ヒロトは、ヴァンパイア族とは家族同然である。そしてヴァンパイア族は、身内が侮辱《ぶじょく》を受けることを許さない。ヒロトには相一郎《そういちろう》という親友がいるようだが、その親友を土下座させたために、ハイドラン侯爵は屋敷《やしき》を半壊《はんかい》させられた。もし自分がヒロトに土下座させようとすれば、ヴァンパイア族は間違いなく激怒《げきど》して屋敷を急襲《きゅうしゅう》するだろう。その瞬間《しゅんかん》、自分が持っていた優位が消散することになるのだ。ヴァンパイア族の怒《いか》りを収めるために、無条件で明礬石を売る以外道がなくなってしまう。

（愚策《ぐさく》の中の愚策だ）

とグドルーンは個人的な報復作戦を切り捨てた。

このたびのことでは必ず辺境伯が出てくるはずだ。それ以外の人選は考えられない。辺境伯はヒュブリデのエースなのだ。レオニダス王が最も信頼する重臣なのだ。そして明礬石は国を揺《ゆ》るがす重大事項《じこう》である。明礬石を手に入れるため、必ず辺境伯がアグニカにやってくる。

辺境伯はアストリカにだけ挨拶《あいさつ》する？

まさか。

明礬石の鉱山は、自分の領地にあるのだ。自分が鉱山の最終的な支配権を握《にぎ》っている。明礬石を手に入れようと思えば、自分のところに来るしかないのだ。

明礬石は最強のカードだ。劣勢《れっせい》に追い込まれていたアグニカが偶然《ぐうぜん》手に入れた、最強の持《も》ち駒《ごま》だ。我が領地の利益を最大限にするために使わなければならない。我が領地の不利益を最大限に減らすために使わなければならない。

グドルーンはシドナの事件を思い出した。シドナの事件が改めて浮《う》き彫《ぼ》りにしたのは、我が領地の不利益だった。

ガセルとピュリスの脅威《きょうい》――それは我が領地だけでなく、アグニカの不利益でもある。

（どうやって明礬石のカードを使ってやるか）

ガセルとピュリスの脅威を打ち砕《くだ》くために最強で最も有効なのは、ヴァンパイア族の空の力だ。リンドルス侯爵もそれを獲得《かくとく》しようとして叶《かな》わなかった。

自分ならできる？

アグニカの商人がヴァンパイア族の娘《むすめ》の容姿を罵倒《ばとう》したために、ヴァンパイア族はアグニカを敵視に近い目で見ている。空の力は手に入れられない。

ならば次善の策は――有事の際にヒュブリデが参戦する。しかもヒュブリデの参戦を確約させることだ。アグニカが侵《しん》攻《こう》されれば、洩《も》れなくヒュブリデが参戦する。しかも千人の兵ではなく、その十倍の一万の兵が加わるとなれば、ガセルとピュリスはアグニカへの侵略《しんりゃく》を――そして我が領地への侵略も――ためらうであろう。

（でも、それだけじゃ、あの辺境伯は覆《くつがえ》すだろうね）

とグドルーンは考えた。

（一万の兵を確約したところで、兵の輸送はテルミナス河で行うことしかできず、一万の兵を輸送しようとなると、相当の船を用意しなければならない。事実上、一万の兵を派遣することはできない。よってただの机上《きじょう》の空論と化してしまう。そして空論であることはメティスに見破られる。それゆえ、一万の兵を参戦させると明記しても意味がない――。そう反論してくるだろうね)

ならば――交渉《こうしょう》で数を減らされることを前提に考えねばならない。減らされる代わりの条件を――落としどころを――用意しておかなければならない。

どんな落としどころを？

兵士の数を五千人に半減させる代わりに、五千人規模の兵士を我が国に駐屯《ちゆうとん》させればよい。そうなれば、充分《じゆうぶん》にガセルとピュリスに対して抑止力《よくしりよく》となる。

でも、それは交渉が始まってから言うことだ。事前に言うことではない。そして落としどころに導くためには、もっと目眩《めくら》ましが――ヒュブリデにとっては取り除かなければならない大きな困難が――必要だ。一万の兵だけでは充分ではない。

辺境伯は、ガセルとピュリスとの和議交渉において、アグニカに対して山ウニ税を課すことを提案した。売価の八割を山ウニ税としてガセルに支払《しはら》うというものだ。

多くの山ウニはグドルーンの領地で採れる。ガセルは不当に値上げしていると訴《うった》えていたが、山ウニの収入は将来の布石だった。山ウニで得た金でテルミナス河沿岸の防備を整えるつもりだったのだ。だが、辺境伯のせいで山ウニからの収入は減った。ならば、今度はヒュブリデが同じ目に遭うべきではないか。

ヒュブリデは、明礬石の売価の八割を明礬税として自分に支払う――。

個人的な報復は放棄するが、これくらいの意趣返しは問題なかろう。

辺境伯は文句を言う？

もちろん。文句を言わなければ国賊《こくぞく》だ。国の中枢《ちゅうすう》にいる者が国の利益を最優先に考えるのは、当たり前のことだ。他国の利益を最優先に考えるような重臣は死刑に値する。

辺境伯は必ず明礬税の撤廃《てっぱい》に動く。そして、ヒュブリデ兵の駐屯を呑《の》まざるをえなくなる――。

（でも、これだけじゃまだ充分じゃないかもしれないね……）

とグドルーンは考え直した。鉱山発見の知らせは、アストリカにも届いているだろう。

自分に謀叛《むほん》の罪でも着せて自分を逮捕《たいほ》し、自分から鉱山を奪う？

やってみるがよい。その瞬間、内乱だ。自分に忠誠を誓う大貴族たちが一斉《いっせい》に反乱することになる。

（でも、あの女のことだ。ボクに対抗《たいこう》して、自分が女王だと認めるように言ってくるかもしれないねえ……）

思わず意地悪な笑みが走った。

（もっと難問にしてやろう。条件を追加だ。ボクこそが女王だと認めること――）

4

翌日の夕方、リンドルス侯爵は無事ラスムス伯爵《はくしゃく》を宮殿まで案内した。宿泊先《しゅくはくさき》の部屋で伯爵と別れると、

「閣下」

と宮殿で待機していた部下が顔を近づけてきた。いつになく神妙《しんみょう》な顔つきである。

「何かあったのか？」

部下が耳打ちする。

「明礬――」

思わず大きな声が出かけた。思わぬタイミングで、思わぬカードが転《ころ》がり込んできたのだ。ただ――。

「グドルーンの領地とは恨めしい。王の領地ならば、最強であったものを」

「残念に思います」

「よい。手はある。陛下は？」

「執務室に」

リンドルスはすぐに女王の執務室に駆けつけた。

部屋にはすでに女王と宰相ロクロイがいた。何やら話していたところを見ると、ラスムス伯爵への対応について相談していたのだろう。

「陛下、聞きましたぞ。鉱山はグドルーンの領内にあるとか」

「そなたがくだらぬ特権を認めさせたからです」

と不機嫌《ふきげん》にアストリカが答える。

「ご心配はいりませぬぞ。我が国で交易を行う者は、陛下から特許状を賦与《ふよ》される必要があります。アグニカの女王はグドルーンではなく陛下お一人だと認めること。ヒュブリデは軍事協定を再締結すること。さらに、明礬石の交易について、陛下に買い上げ金の二十分の一を支払うこと。以上にすべて同意しなければ、特許状を取り消すと言えばよいのです」

とリンドルスは切り出した。

「それはすでにわたしが陛下にご説明したことだ」

と宰相ロクロイが対抗する。

「『グドルーンではなく』の文言も入れたのか？　最終的に鉱山の支配権はグドルーンが

握っておる。わしが思うに、グドルーンも必ず同じように要求するぞ。自分が女王だと認めよ、認めぬ限り明礬石を売らぬとな」

「生意気な。陛下に対して無礼だ」

とロクロイが怒《おこ》る。

「そのようなこと、断じてなりません。見つけ次第《しだい》、すぐに兵を――」

と顔色を変えた女王を、

「大事《おおごと》にすれば、ヒュブリデが漁夫の利を得ますぞ。放置すればよいのです」

とリンドルスは一蹴《いっしゅう》した。

「わらわが侮辱されてよいと言うのですか？」

と女王が詰《つ》め寄る。

「グドルーンはせっかく手に入った明礬石を高く売りつけたいのです。そのためには、相手が返答に困るものを条件に加えればよい。断れば、その分高く値を吊《つ》り上げる。大方そういうところでございましょう。ヒュブリデは後で、グドルーンが自分を女王と認めることを条件に入れていたと我らに告げ口して漁夫の利を狙ってくるでしょうが、雑魚《ざこ》の戯《ざ》れ言《ごと》には耳を貸さぬと放置してやればよいのです」

雑魚の戯れ言とは、グドルーンが自分を女王と認めよと要求することである。

「グドルーンめが勝手にヒュブリデに売ることはありませんか？　そうなれば――」

女王の心配に、リンドルスは首を横に振った。

「ありえませんな。グドルーンめはヒュブリデを憎《にく》んでおるのです。何が悲しくてヒュブリデの利益になることをしてやらねばならぬのか。新たに法を定めてグドルーンの取り分を減じるということをせぬ限り、グドルーンめはヒュブリデに明礬石を売ることはしますまい。あの女は馬鹿ではございませんので。むしろ、問題はこれからですぞ。ラスムス伯爵に対して、どのように振る舞《ま》うか。レオニダス王が我が国を軽《かろ》んじているのは明々白々でございます。それを覆さねばなりませぬ。そして今度こそ、辺境伯を訪問させねばなりません」

リンドルスの強弁に、ロクロイが眉《まゆ》をしかめた。

「あの男は何でもかんでも自分の思い通りにしてしまう男だぞ!?　呼ばぬ方がよい」

「いいや、呼ぶべきだ！　あの男を呼ぶまいとして数々の失敗をくり返した男が、マギアにおる！　マギア王ウルセウス一世がどのように敗北したか、わしの口から言わねばならぬか!?」

リンドルスは声量を上げてロクロイの反論を封《ふう》じた。ロクロイが黙る。それを見て、さらにリンドルスはつづけた。

「今、ヒュブリデを動かしているのはヒロト殿《どの》だ。ヒロト殿こそが、レオニダス王の一番の右腕《みぎうで》と言ってよい。ヒュブリデを動かしているのは、パノプティコスでもユニヴェステルでもなく、ヒロト殿なのだ。そのヒロト殿が、ガセルを訪問した。しかし、我が国《わくに》は――？　このままでは、我が国はガセルの後塵《こうじん》を拝するのみ。何としても、対等まで戻さねばならぬ。そのためにはヒロト殿を我が国に訪問させなければならぬのだ」

「だが、それでは――」

危険ではないのかと言おうとしたロクロイを、リンドルスは反論で潰《つぶ》した。

「ヒロト殿を呼べば、ヒロト殿が兵を率いて我が国に攻め入ることはできなくなる。メティスは我が領地キルヒアに攻め込み、わしを人質《ひとじち》にして和議を勝ち取った。ならば、ヒロト殿も同じことを考えるはずだ。このたびの要求は、必ずヒュブリデを怒らせる。キルヒアはヒュブリデに最も近い土地なのだ。ヒュブリデがキルヒアを占領して有利な和議を結ぼうとするのは、普通《ふつう》に考えられることだ。先に守りの手を打っておく必要がある」

とリンドルスはロクロイに言い返した。ロクロイは黙った。リンドルスは女王に顔を向けた。

「陛下の兵を五千ほどお貸しくださいませ。直ちにキルヒアへお送りくださいませ。五千あれば、ヒュブリデの攻撃《こうげき》も撥ね返すことができましょう」

5

その頃《ころ》――ヒュブリデの商人ハリトスは、アグニカ最大のサリカ港に到着《とうちゃく》してアグニカ人の大商人に会ったところだった。

商人は格が高くなるとどんどん太る傾向《けいこう》がある。男もその傾向に従っていた。エルフの商人とは違《ちが》う。エルフの商人は格が高くなっても太るわけではない。

「明礬《みょうばん》石の話はどこから聞いた？」

とアグニカ人の大商人スワギルは質問から入ってきた。

「友人から」

「悪いが売れんぞ」

とすぐに大商人スワギルは否定を突きつけてきた。

「ものは確かなのでしょうな」

とハリトスは確認に出た。

「疑うのか？」

「疑わぬ者は信用できぬ。違いますかな？」

スワギルは黙ってソファから離《はな》れ、人間の頭ほどのでかい明礬石とともに戻ってきた。

一目で上質のものだとわかった。水青や大青、紫草《むらさき》で生地《きじ》を染める時に必要なものだ。

「納得したか？」

「ものはこれだけということはありますまいな？」

「エルフは疑い深いな。山いっぱいがこんな感じだそうだ」

「ならば——」

売ってくれてもよさそうではないか。そう突っ込もうとしたところを遮《さえぎ》られた。

「グドルーン様から許可なく売るなと厳命をいただいている。欲しければグドルーン様の許可を得ることだ。話はそれからだ」

ハリトスは思わず沈黙した。

グドルーン女伯——ヒュブリデに悪感情を懐く女。そして、最もヒロトを憎む女——。

山ウニ税導入を提案したのはヒロトである。そのことで、グドルーン女伯はヒュブリデを、ヒロトを憎んでいる。

そのグドルーン女伯に、ヒュブリデ人の自分が——。

（これは生贄《いけにえ》に行くようなものだ……。商《あきな》いは確実に断られる……）

第十二章　上から目線

1

ガセルより遠く離れたヒュブリデ王国――。

青い屋根が青空をバックに建物の稜線《りょうせん》を描《えが》く中、円い尖塔《せんとう》が突き出していた。優雅《ゆうが》な城館の瀟洒《しょうしゃ》な庭園の芝生《しばふ》の上で、高貴な紅《あか》いビロードの服をボタンで留《と》めた壮年《そうねん》の男が寝転《ねころ》がって目を閉じていた。髪《かみ》に少し白髪《しらが》が交じり、口髭《くちひげ》も何本かが白くなっている。

男は侯爵《こうしゃく》に格下げとなったハイドランだった。付近に蝶々《ちょうちょう》の姿はない。

空は気持ちいいほど晴《は》れ渡《わた》っていた。ハイドランの人生はまったく晴れ渡っていず、永遠の曇《くも》り空《ぞら》だが、空はハイドランの未来とは無関係に晴れ渡っている。

（空とは皮肉なやつだ。世界で最も皮肉が得意なのは、空かもしれんな）

とハイドランは思った。

こうして寝転がっていても、自分の屋敷の回りには密偵《みってい》が目を光らせている。レオニダス王に対して謀叛を起こさぬか、監視《かんし》しているのだ。

空ほど自由な存在はないが、自分ほど不自由な存在はない。やはり、空は皮肉が得意だ。

（わたしはこの屋敷で、ずっと朽《く》ち果てていくのであろう）

2

ヒロトはドルゼル伯爵と酔《よ》っぱらって肩《かた》を組みながらガセル王宮の廊下《ろうか》を歩いていた。伯爵から教えてもらったガセルの歌を歌いながら、右へ左へ、よろよろと蛇行《だこう》をくり返す。東京の町中でやらかしたら、とても迷惑《めいわく》な連中である。

「舟相撲《ふなずもう》の勝ち方は簡単でございます！　愛していると叫べば女は必ず戸《と》惑《まど》うもの！　その隙《すき》を衝《つ》いて、一気に押《お》し倒すのです！」

とドルゼル伯爵が叫ぶ。

「今度こそ勝利を！」

とヒロトが叫び、

「今度こそ勝利を！」

とドルゼル伯爵も呼応した。二人はふらふらと歩いて部屋の前で、

「では、ヒロト殿！　勝利を！　まずは夢の中でメティス将軍打破を！」

とドルゼル伯爵が叫び、

「お任せあれ！」

とヒロトは答えて部屋に入った。どこの部屋に入ったかは覚えていない。ヒロトの記憶《きおく》では自分の部屋に入ったはずなのだが、気がつくとヒロトは眠《ねむ》っていて、天井《てんじょう》が自分を見下ろしていた。

（え？　どこ？）

すぐ隣《となり》にミミアとソルシエールが眠っていた。

（なんだ、自分の部屋に戻ってたのか……）

安心した。昨日もドルゼル伯爵とエランデル伯爵と飲んでいて夜が遅《おそ》くなったのだ。その時にはここまで酔っぱらわなかったのだが――。

ヒロトは、何年も前にネカ城でヴァルキュリアが酔っぱらっていて、父親のゼルディスから酔っぱらいすぎだと言われていたことを思い出した。

今日のお酒は楽しかった。ガセルの歌と日本の歌とヒュブリデの歌を互《たが》いに披露《ひろう》しまくって、さんざん盛り上がったのだ。ヴァルキュリアもいれば、きっと踊《おど》りを見せてくれてもっと盛り上がっただろう。もっと楽しかったに違いない。

ヴァルキュリアが恋《こい》しくなる。もう一カ月ほど、会っていない。ヴァルキュリアは活発で感情のぶつけ方もストレートで、ヒロトと同じように冗談好きで明るい性格だったから、いないと月光の下で暮らしているような気分になってくる。茶目っ気や明るさや愛情の直球度合いでは、ミミアもソルシエールもエクセリスもヴァルキュリアには敵《かな》わない。ヴァルキュリアはいつもストレートに愛情をぶつけてくれたが、それがないことに対して寂しさと物足りなさを覚えてしまう。

（ヴァルキュリアがいたらな……）

3

翌日午前十時――。

呼び出されたラスムスは、謁見の間に参上したところだった。跪坐《きざ》してその時を待っていると、衛兵に前後を挟《はさ》まれてアグニカ王国アストリカ女王が姿を見せた。頭に金の王冠《おうかん》をかぶり、紫衣《しい》を纏《まと》い、胸元《むなもと》を宝石や真珠《しんじゅ》で飾《かざ》り立てている。

「アグニカの光、アグニカの宝石、アグニカの繁栄《はんえい》の礎《いしずえ》、アストリカ女王にお目に掛《か》かれてこのラスムス、光栄でございます。我が王は変わらぬ――」

「前置きは無用ですよ」

とアストリカは遮った。

「レオニダス王が、先々王同士が結んだ歴史ある結びつきを破棄《はき》したことは、非常に残念でした。両国の間に亀裂《きれつ》を走らせるものです。非常に残念です。レオニダス王がリンドルスを嫌《きら》っていること、我が国を軽んじていることは、わらわもよく理解しています。王にとってはガセルこそが大事なのでしょう」

といきなり冷たい牽制《けんせい》から入ってきた。先々王同士が結んだ歴史ある結びつきとは、軍事互助《ごじょ》協定のことである。

「本当に軽んじているのなら、このわたしを使節としてお送りすることはございません。大事に思っているからこそ、使節を送るのです」

とラスムスは即座《そくざ》に返した。

「軽んじていることについては、とやかく申しません。レオニダス王は違う考えなのでしょうが、貴国と我が国とは非常に強い絆《きずな》を結ぶべきです。困った時には助け合い、襲《おそ》われた時には支え合う。より深い絆、より強い絆が必要です」

軍事協定の締結だな、とすぐにラスムスは理解した。やはり最初にその問題を持ってきたか。

「貴国と我が国とはすでに強く深いつながりを持っております」

とラスムスは返した。つまり、軍事協定を結ぶ必要はないという返事である。

「いいえ、まだ充分ではありません。そして貴国は我が国との絆を深めざるをえなくなるでしょう。そなたはまだ知らぬでしょうが、貴国は明礬石でたいそう困っているとか。エルフの商人が東奔西走《とうほんせいそう》しているという話を聞いておりますよ。でも、レグルスでもピュリスでも、明礬石は手に入れていない」

ラスムスは目をしばたかせた。聞いたことのない話である。

「何のお話をされているのか。我が国には明礬石の鉱山――」

ラスムスの発言をアストリカが遮った。

「わらわの国では、つい先日、非常によい明礬石の鉱山が手に入ったのです。わらわの申すことがわかりますね？　貴国と我が国とは強く深い絆を結ぶ必要があるのです」

自信たっぷりの物言いだった。

（明礬石の鉱山が見つかったというのは本当なのか？　だが、我が国で明礬石が採れなくなったという話は聞いておらぬ。ウルリケ鉱山があるのだ。何も問題はない）

「強く縛《しば》った紐《ひも》というのは、それ以上は強く結べないものです。貴国と我が国とは、すでに密接な関係にございます」

とラスムスはあくまでも突き放《はな》した。

「絆を深める必要はないと申すのなら、わらわにも考えがあります。先々王同士が結んだ軍事協定を再締結せぬ限り、ヒュブリデ商人の特許状をすべて取り消します」

思いがけない強硬《きようこう》な主張だった。ヒュブリデ商人のすべての特許状を取り消すとは、尋《じん》常《じよう》ではない。ラスムスはむっとして言い返した。

「わざわざ親交のために参った使節に対して、いきなりのその態度はあまりに失礼ではありませぬか？　それが誉《ほま》れ高きアグニカ女王のなすことでございますか？」

「受け入れぬと申すのですね？」

「我が王も、我が国の臣民も、女王の家臣でも臣民でもございませぬ。そのような脅迫《きようはく》めいた文言《もんごん》には屈《くつ》しませんぞ」

とラスムスは突っぱねた。

「受け入れぬと申すのなら、そなたは幸運の女神《めがみ》の後《うし》ろ髪《がみ》を逃《のが》したことになります。ヒュブリデとの関係を強固なものとするため、わらわはさらに二つのことを望みます。一つ、いかなることがあろうともグドルーンを女王として認めぬこと、女王はわらわであると認めること。二つ、ヒュブリデ商人は、明礬石の買値に対して二十分の一をわらわに支払うこと。受け入れぬ者には、特許状は取り消します。以上、レオニダス王に伝えなさい」

強気の態度は変わらなかった。ラスムスはアストリカを睨《にら》みつけて思い切り威圧《いあつ》の釘《くぎ》を刺《さ》した。

「もし本当に特許状を取り消されれば、我が王は決して許しませぬぞ。このたびのことが戦へとつながらぬと思われぬことです。覚悟《かくご》されることですな」

4

同じ頃、ヒュブリデ王国のエルフ商人ハリトスは、グドルーン女伯の屋敷に通されたところだった。通路を案内されて、ようやく広いガラス窓の明るい部屋に通される。

グドルーンは窓際《まどぎわ》にいた。

流麗《りゅうれい》な長い黒髪《くろかみ》。紫色《むらさきいろ》の長いドレス。美しい背中は編み上げのクロスの紐とさらに黒髪に覆《おお》われている。

「そちがハリトスと申す者か」

とグドルーンが顔を向けた。

額でざっくりと横一線に切り揃《そろ》えた前髪《まえがみ》。長めの横髪。そして睫《まつ》毛《げ》の長い、切れ長の瞳《ひとみ》――。

まるで異国の姫《ひめ》のような面立《おもだ》ちである。非常に静謐《せいひつ》な、神秘的な雰囲気《ふんいき》を放つ美女だ。上に立つ者のオーラがある。

（これがアストリカ女王と玉座を争った方《かた》か……）

とハリトスは感嘆《かんたん》を覚えた。

「明礬石を求めていると聞いたが――」

「商人のスワギル殿から、明礬石を求めたければグドルーン様にお会いするように言われて参りました。お忙《いそが》しい中、お会いしていただけたこと――」

「挨拶はいい。どうせみんな言うことは同じだ。同じくせに長くてボクの貴重な時間を奪《うば》う」

とグドルーンは遮った。ハリトスは黙《だま》った。遮断《しゃだん》はよからぬ兆候である。人の話を遮る――つまり最後まで話を聞かないというのは、交渉の決裂《けつれつ》を予示している。

「君たちの情報はつかんでるよ。明礬石が不足して困っていることも、充分にわかっている。そしてボクは鉱山を握っている」

そう言ってグドルーンは微笑《ほほえ》んだ。もちろん、ハリトスは笑わない。笑う所ではない。

「鉱山はもちろん本物でございましょうな。スワギル殿のところでものは見せていただきましたが、実はあれ一つしかないということはございますまいな」

「ボクが確認《かくにん》していないとでも思っているのかい？」

とグドルーンは睨んだ。ハリトスはグドルーンの表情を注視した。はったりか真実か、見極《みきわ》めようとしたのだ。

（どちらだ……？）

グドルーンは手を叩《たた》いた。すぐにごつい騎士《きし》が入ってきて、頭蓋骨《ずがいこつ》ほどの明礬石を置いた。

「もしボクが嘘《うそ》をついていたなら、採掘《さいくつ》した明礬石はすべてタダでくれてやる。土産《みやげ》に持って帰るといい。ヒュブリデの馬鹿どもに見せれば、少しは目が覚めるだろう」

自信たっぷりの物言いだった。

はったり？

いや。

恐《おそ》らく嘘はついていないだろう。それゆえに、これだけ自信たっぷりに言えるのだ。

グドルーンは表情を引き締《し》めた。

「ボクの条件は三つだよ。一つ。明礬石の買値の八割を明礬税としてボクに納めること。山ウニ税の税率が下がれば、明礬税は同じ税率に引き下げてやる。二つ、ガセルとの有事の際にはヒュブリデは必ず軍を派遣すると約束すること。三つ、ボクが女王だと認めること。以上どれ一つとしても呑めないというのなら、明礬石は一切《いっさい》ヒュブリデ商人には売らない。余所者《よそもの》のくせに勝手に糞協《くそ》定を提案して勝手に糞協定を結ばせた落とし前はきっちりつけてもらうよ。本国に帰って、さっさと王に伝えてくるんだね」

第十三章　出禁

1

アストリカが執務室《しつむしつ》に引き下がると、謁見《えっけん》の間のカーテンの後ろで聞き耳を立てていた二人の重臣、宰相《さいしょう》ロクロイとリンドルス侯爵も部屋に戻ってきた。

「あれでよかったのですか？」

と二人に確かめる。

「上出来でございます。陛下の揺るぎない意志は、充分に伝わったかと。女ということで甘《あま》く見られてはなりません」

とリンドルス侯爵が微笑む。

「戦《いくさ》になるぞ」

と冷たい声で冷水を浴びせたのは、宰相ロクロイである。

「ならぬ。ヒロト殿がいなければ戦になるやもしれぬが、ヒロト殿がいる限り、戦にはならぬ。戦をしたところで明礬石は手に入らぬ。それに、すでに手は打っておる」

とリンドルス侯爵がロクロイに反論した。

「ヒュブリデは空の力を持っているのだぞ？　ミラス鉱山を突《つ》き止《と》めて占領《せんりょう》するということもありうる。我が国が負ければ、和平協定で明礬石の独占《どくせん》も誓《ちか》わされるやもしれぬ」

そのように負けじとロクロイが言い返すと、何も知らぬのだなという表情を浮かべて、リンドルス侯爵は返した。

「戦にも準備が必要なのだ。弓矢なくして戦はできぬ。矢を用意するには何千何万の枝を切らねばならぬ。つまり、時間が掛かる。さらに金の算段もせねばならぬ。金は魔法《まほう》のようには出てこぬぞ。ヒュブリデでは金を工面するためには、つまり新たな税を設けるためには貴族会議の賛成が必要だ。だが、レオニダス王は大貴族と対立しておる。いったいどうやって我が国に大軍を派遣《はけん》するのだ？」

わかったか、この青二才がという雰囲気である。だが、ロクロイも負けてはいなかった。

「そう高を括《くく》って、メティス将軍に寝首《ねくび》を掻《か》かれて捕虜《ほりよ》になったのは、どこの誰《だれ》でしたかな。絶対ということは、この世にはありえないのです」

とリンドルス侯爵を刺す。メティス将軍の領地はサラブリアに面している。それゆえ、メティス将軍がガセルに味方してアグニカを急襲することはあるまいと考えていて、見事メティス将軍に領地を急襲されて捕虜にされたのは、リンドルス侯爵である。

「この世に絶対ということがありえないとすれば、その『この世に絶対はありえない』ということが絶対ありうるということになるな。つまり、絶対はありうることになる」

とリンドルス侯爵がやり返す。

「屁理屈《へりくつ》を弄《ろう》している時ではない」

明らかにロクロイはイラッとした様子で言い返した。屁理屈ではなくまっとうな理屈だが、相手にやり込《こ》められた時、人は相手を屁理屈と言ってなじる。

「レオニダスは戦だと言い張るだろうが、必ずヒロト殿が止める。そしてヒロト殿がやってくる」

とリンドルス侯爵は自信たっぷりに言い放った。

「わたしは挑発《ちょうはつ》する必要はなかったのではないかと言っているのだ。ラスムス伯爵も怒っていた。あのように刺激《しげき》する必要はなかったのではないかと言っているのだ」

とロクロイが侯爵に突っかかる。だが、リンドルス侯爵は撥ね除《の》けた。

「やんわりと言えば、やんわりとしか伝わらぬ。ヒロト殿以外の者が来て注文をつけられるだけだ。だが、挑発すれば、結果としてヒロト殿が来る以外方法がなくなる。ガセルには王の右腕が来た。だが、我が国には来なかった。それではガセルと対等にはならぬ。ヒロト殿が来ることが重要なのだ」

2

ラスムスは、よっぽど帰国しようかと思った。自分は友好のために来たのに、いきなり敗戦国のように条件を突きつけられたのだ。

屈辱《くつじょく》である。

部下とも、帰国すべきではないかと相談をした。結局、その日の晩餐会《ばんさんかい》には欠席することで抗議《こうぎ》を示した。さらにリンドルス侯爵に部屋に来るように言いつけた。

侯爵は明礬石を携《たずさ》えてやってきた。握《にぎ》り拳《こぶし》二つ分の大きさの岩石である。一目で明礬石だとわかった。

《わたくしどもが嘘をついているとは決してお考えになりませぬように。明礬石のことは事実でございます。証拠《しょうこ》の品として、こちらをさしあげます》

とリンドルス侯爵は告げた。だが、ラスムスは矛《ほこ》を納めなかった。逆に激しく抗議した。

リンドルス侯爵の返事はこうであった。

《きっと女王は、ガセルの方が好意的に扱《あつか》われている、第一に扱われている、それに対して我が国はそうではない、これではガセルが攻撃した時に我が国はテルミナス河沿岸地域を奪われてしまうと、非常に強い危惧《きぐ》を覚えておいでなのでしょう。それで、明礬石のことで是非《ぜひ》ともヒュブリデとの強い絆を引き出したいのでしょう。女ゆえにことさら男に舐《な》められてはならぬと気負いすぎて余計に失礼な言い方になってしまったのでしょう。女王にはわたくしからも申し上げます》

それに対して、

《わたしは帰ろうと思っている》

とラスムスは告げた。

《お帰りにならぬ方がよいと思います。少なくと、我々が言う明礬石が本当なのか、そして貴国が明礬石のことで困っているのは事実なのか、お確かめになった後でもよろしいのではありませぬか？　わたくしとしては留まっていただく方がうれしゅうございますが、伯爵のご心中を察すれば、お帰りになると結論されても異論は申し上げられません。むしろ、申し訳なく思う次第でございます》

とリンドルス侯爵は低姿勢に出た。

（この男は嘘をついているな）

とラスムスは思った。アストリカ女王のあの強い口調は、きっとリンドルス侯爵が指図したものに違いない。
《あの口調は、貴殿《きでん》が指図したものであろう》
とラスムスは探《さぐ》ってみた。
《お気持ちははっきりと申し上げるべきですとは、女王にはお伝えいたしました。陛下のお気持ち、陛下のご覚悟ははっきりと申し上げるべきだと》
《今日の代償《だいしょう》は戦で償《つぐな》うことになりますぞ》
とラスムスは強い口調で責めた。戦を持ち出したのは威嚇《いかく》である。威嚇によって相手の態度を折れさせようという魂胆《こんたん》だ。
《我が国が貴国との深い絆を求めていることは、どうかご理解いただきたい。その気持ちが強すぎて女王があのように申し上げたこともご理解いただきたい》
とリンドルス侯爵は懐柔《かいじゅう》に出たが、
《屈辱を我慢《がまん》する国など、世界に一つも存在せぬ。戦を覚悟されることだ》
とラスムスは突っぱねた。二人の会談は、平行線で終了《しゅうりょう》した。

3

一晩考えて、翌日、ラスムスは王都を発《た》った。やはりこの国に留まるべきではないと結論したのだ。

女王にも挨拶《あいさつ》はしなかった。無礼な元首にする挨拶の言葉など、自分は持ち合わせていない。

リンドルス侯爵には慰留《いりゅう》されたが、断った。侯爵は力ずくでも阻止《そし》するということはなかった。むしろ、テルミナス河まで無事辿《たど》り着けるように手配をしてくれた。自分の存在度合いはその程度なのかと、ラスムスは少しだけがっかりした。きっとヒロトならば、力ずくでも止められていたのだろう。

王都を出て二日目のことだった。ちょうどグドルーン邸《てい》から上京してきたエルフの商人ハリトスに遭遇《そうぐう》した。ラスムスがいることを聞きつけて、ハリトスが訪《おとず》れたのである。

「わたしは本国に戻《もど》る。無礼を受けたのでな」

とラスムスは一部始終を話した。ハリトスは渋《しぶ》い表情で聞いていたが、最後まで聞き終えると、

「残念ながら女王が言ったことはすべて真実です」

と告げた。

ラスムスの頭の中で時間が止まった。

（真実……？）

女王の言葉が蘇《よみがえ》る。

「明礬石――」

言いかけたラスムスの言葉を、ハリトスが受け継《つ》いだ。

「それも真実です。ウルリケ鉱山が出水のために、採掘がほぼできない状態になっております。まだ深部に明礬石が眠っていたのですが、出水のために採掘不可能な状態になっております。染め物師たちはもう明礬石を買いあさっています。レグルスの明礬石もピュリスの明礬石も、すでにピュリスの商人によって先物買いをされていて、ヒュブリデの染め物師は手に入れることができません。影響《えいきょう》は半年後には確実に現れるでしょう。我が国で高級の染め物がつくれなくなります。水青はあっても、水青染めができなくなります。大青染めも、紫染めも」

ラスムスは――言葉が出なかった。記憶がフラッシュバックした。女王が強気な、高圧的とも思える態度で軍事同盟の再締結《ていけつ》を迫《せま》ったこと。さらに、自分が帰国すると言った時、リンドルス侯爵が力ずくで止めなかったこと――。

向こうは知っていたのだ。ラスムスが知らぬ事情を――明礬石をめぐるヒュブリデの事情を――知っていたのだ。

やられたと思った。やられた。謀《はか》られた。

「なぜわたしに――」

言わなかったのだ。そう問い詰めようとすると、言葉半ばにハリトスは答えた。

「出発されてから、出水があったのです。アグニカで明礬石が見つかったと知ったのは、つい一週間ほど前です。我々は慌《あわ》ててアグニカに駆《か》けつけて商人に会い、グドルーンにも会ったばかりなのです。ミラス鉱山は、グドルーン女伯《じよはく》の領地なのです」

「それで？」

「明礬石の買値の八割を明礬税として納めよ。ただし、山ウニ税の税率が下がれば、明礬税も同じ税率に引き下げると」

「何だと？　ただの報復ではないか」

とラスムスは憤《いきどお》った。

「その通りです。条件はまだあります。ガセルとの有事の際にはヒュブリデは必ず軍を派遣すると約束すること」

「女王と同じか……！」

と思わずラスムスは叫《さけ》んだ。

「最後が、自分を女王だと認めよと」

ラスムスは唸《うな》った。

明礬石の情報は、アストリカ女王も、グドルーン女伯も、ともに得ていたのだ。そしてそこにヒュブリデの弱点があると知って、一気に強気で迫っている。

アストリカ女王は先々王同士が結んだ軍事同盟の再締結、グドルーン女伯は有事の際のヒュブリデ軍の参加と、言い方は違っているがほぼ同じことを要求している。グドルーン女伯の方がより具体的で、ヒュブリデにとっては受け入れがたいと言える。グドルーンが要求してきたのは意外だが――。

明礬税は言語道断である。到底《とうてい》受け入れられるものではない。このようなくだらない報復に付き合う必要は、ヒュブリデにはない。

さらに、最後の要求が最悪だった。アストリカ女王は自分のみが女王だと認めよと言っている。つまり、どんなことがあろうともグドルーンを女王と認めるな、グドルーン支援《しえん》に回るなということである。ところがグドルーンは真逆に自分を女王として認めよと要求している。

二律背反。ダブルバインド。片方の要求を呑《の》めば、片方の要求を突っぱねることになる。

「グドルーン女伯は、ヒロト殿を嫌っているようです」

とハリトスがさらにいやなことを告げる。

「アグニカは戦争をしたいのか？」

ラスムスの問いに、

「何が何でも、軍事協定を結びたいようです。本命は恐らく軍事協定の締結でしょう」

とハリトスが答える。

「他国を恐喝《きょうかつ》した上での軍事協定締結か。他国を恫喝《どうかつ》できるくらいなら、他国の力は必要あるまい」

とラスムスは皮肉を飛ばした。

「おっしゃる通りですが、我が国にとって明礬石が至急必要なことは、紛《まぎ》れもない事実です。そしてその明礬石がアグニカにあることもまた、紛れもない事実です。我が国は相当の譲歩《じょうほ》を強《し》いられることになります」

ラスムスは唸った。ハリトスが言葉をつづける。

「ともかく、わたしは女王に会います」

「会ってもあの女は何も変えぬぞ。あの女は軍事同盟を再締結せよ、買値の二十分の一を税として払《はら》え、自分のみを女王だと認めよと要求してきたのだ」

「それでも会わなければなりません。無駄《むだ》とわかっていても、やらざるをえないことはあるのです。今がその時です」

ラスムスはうつむいた。

帰国を決断したのは失敗だった。無礼だと怒《おこ》って帰国しようとした者が、事実を知って王都に返すなど、これほど恥《は》ずかしいことはない。それがわかっていて、リンドルスは力ずくでも止めなかったのだ。

（嵌《は》められた……）

そうラスムスは思った。知らなかったとはいえ、嵌められてしまったのだ。アグニカが強硬に迫るからには何か裏があるからに違いないと踏《ふ》むべきだったのに、それをしなかった……。

ラスムスはぼそりとつぶやいた。

「王都を離れたのは……失敗だったかもしれぬ」

だが、ハリトスは即座に否定した。

「閣下が王都にいらっしゃろうといらっしゃるまいと、結果は同じです。連中の目的は協定の再締結なのですから。ともかく女王に会います」

4

会ってもあの女は何も変えぬというラスムス伯爵《はくしゃく》の予言は、その通りになった。ハリトスはすぐ女王アストリカに拝謁《はいえつ》を許されたが、告げられたのは予想通りのことだった。

「わらわに二十分の一税を払うこと、グドルーンではなくわらわを唯一《ゆいいつ》の正当な女王だと認めること、そしてヒュブリデが我《わ》が国《くに》との力の絆を深めること。これが条件です。条件を呑めぬのなら、本日より特許状を取り消します」

「女王とはお互い信頼《しんらい》をもってお付き合いしてきたものと自負しております。突然《とつぜん》のことに耳を疑うばかりでございます」

　そう返したが、

「我が国が強い絆を求めてきたのは前々からのこと。突然のことではありません。きっとレオニダス王も理解してくれるでしょう」

　と素っ気なかった。

「商いで申し上げると、女王がなさったことは買い手が欲《ほ》しいと声を上げる前に、欲しいと言うであろうから先に値を吊《つ》り上げるという行為《こうい》です。あまりよい手のようには思いません。両国の友好を真剣《しんけん》にお考えならば、絆は脇《わき》に置いて純粋《じゅんすい》に明礬石の商いの話をされる方がよろしいのではありませんか？　その方がレオニダス王のアグニカへの印象も変わりましょう。リンドルス侯爵がかつて我が王を侮辱《ぶじょく》なさったことをお忘れなく」

そう迫ってみたが、

「勘違《かんちが》いせぬことです。明礬石《みょうばんせき》を持っているのはわらわの方です。そして求めているのはそちの方です」

とやはり撥《は》ね除けられる。

「わたしが知りうる限り、明礬石を売る／売らないを決められるのは、明礬石が採掘された土地の領主、すなわちグドルーン女伯ではありませんか？　ミラス鉱山は女王の領地ではなかったと存じますが」

とハリトスが鋭《するど》く切り込むと、

「黙れ！　そのようなことを申す者は、今すぐ特許状を取り消してくれる！　そちは二度とこの宮殿《きゅうでん》に足を踏み入れるな！」

と出入り禁止の発言を食《く》らってしまった。

「グドルーン女伯は、自分を女王と認めることを明礬石販売《はんばい》の条件に設定しております。そのことはお咎《とが》めにならないので？」

と突っ込んでみたが、

「あの女なら言いそうなこと！　そちもあの女が女王だと申すつもりか！」

とさらに激昂《げきこう》した。

「そうではございませぬ。女王はアストリカ様のみ――」

「話は聞かぬ！　出ていけ！」

そう追っ払《ぱら》われてしまった。宮殿を出ると、ハリトスはため息をついた。

(グドルーン女伯のことを持ち出したのは失敗だったか。だが、わたしは間違《まちが》ったことは言っていない。グドルーンのことは女王には逆鱗《げきりん》か)

だが、言葉の矢は放てばもう戻らぬ。女王に対して友好な言葉の矢は放てなかった。結果的には失敗したのだ。

(もはやこの国に留まっていても、何もない。本国に戻るのが一番だ)

ハリトスは宮殿を辞した。

王都を出て翌日に着いた旅館では、ラスムス伯爵が出発せずに待っていた。ラスムス伯爵はハリトスの話を聞くと、

「わたしも本国に戻ろう。レオニダス王はきっと戦を起こすと宣言されるであろう。父親譲《ゆず》りの短気な方だ」

と息をついた。それから顔を上げて、

「なんとか一年、我慢することはできぬのか？」

と尋《たず》ねた。即座にハリトスは言い返した。

「明礬石が手に入らなければ、染物師は仕事がなくなります。大量の染物師が職を失うでしょう。当然、織元も儲《もう》けが減って、また大量の織元が、その部下たちが、職を失うでしょう。我が国は不況《ふきょう》に陥《おちい》りますぞ。それを我慢せよと？」

ラスムス伯爵はうつむいた。

伯爵は大貴族だ。自らは働くことなく、悠々自適《ゆうゆうじてき》に暮らしている。大貴族でも金欠の者はいるが、伯爵はお金に困ったことはないのだろう。だから、普通《ふつう》の人々の――庶民《しょみん》の――暮らしのことが想像できない。生活のリアルが想像できない。それが大貴族なのだ。そしてその大貴族が、大きな顔をしているのがヒュブリデなのである――数十年前に比べれば、その顔もずいぶんと小さくはなったが。

もはや状況《じょうきょう》は自分たちの扱える範囲《はんい》を超《こ》えていた。枢密院《すうみついん》に――王に伝えねばならない。だが、果たして枢密院でも解決策を見いだせるのか。見いだす可能性があるとしたら、ガセルを訪問中のヒロトしかいるまい。

(情報は早く伝えた方がよい。真っ先にヒロト殿《どの》にお伝えするべきだ)

ハリトスは口を開いた。

「わたしは先にガセルに参ります。辺境伯《へんきょうはく》に伝えて参ります」

「伝えても無駄だぞ？　辺境伯にも何もできぬ。アグニカに関しては自由に決める権利も与《あた》えてもらってはおらぬ」

　とラスムス伯爵は否定した。

「情報は生ものです。早く伝わった方がよろしいのです。帰国してから知るのと、帰国する前に知るのとでは、思考に費《つい》やせる時間が違《ちが》います。このたびのことは、ヒロト殿も苦労されるでしょう。さればこそ、先にお伝えするべきだと思うのです」

　とハリトスは反論した。ラスムス伯爵は首を横に振《ふ》った。

「わたしは何度もヒロト殿と戦ってきたからこそわかる。今度ばかりはヒロト殿にもどうにもならぬ。グドルーンはヒロト殿を嫌っている。そして女王は軍事同盟の再締結を頑強《がんきょう》に主張している。そして我が国は喉《のど》から手が出るほど明礬石を欲《ほっ》している。アグニカは絶対に揺《ゆ》るがぬ優位を獲得《かくとく》しておるのだ。ヒロト殿にどうにかできることではない」

第十四章　最強と最弱

1

ヒュブリデ王国サラブリア州の政治的中心、ドミナス城――。州長官《しゅうちょうかん》の居城である。その広い中庭に腹這《はらば》いになって、大きな黒い翼《つばさ》をゆっくりと開いたり閉じたりしながら、垂れ目のちびっ娘《こ》が話を聞いていた。

ゼルディス氏族の氏族長ゼルディスの次女、キュレレである。その前で朗読を聞かせているのは、背の高い眼鏡の青年、相一郎《そういちろう》だった。

「男はようやくアマアマの国から逃れて、カラカラの国にやってきたところでした。ひとまず喉が渇《かわ》いたので飲み物を注文すると、出てきたのは真っ赤な飲み物です。血みたいだなと思いながら飲むと、口が炎《ほのお》を吐《は》きました。血ではなく、大辛子《からし》を搾《しぼ》ってつくった激辛《げきから》のジュースだったのです」

相一郎の言葉に、

「ゲキカラ～～♪」

とキュレレは甘々《あまあま》の声を上げた。

「キュレレ、食べたい～～♪　ガセル行きたい～～♪」

とおねだりする。涎《よだれ》を垂らしそうな勢いである。

「また行けたらいいな」

と相一郎も合わせる。

「ゲキカラ～♪　キュレレ、ゲキカラ好き～～♪」

「パパがうんって言ってくれたらな」

言うと、相一郎はつづきを読みはじめた。

「男は慌てて緑色の飲み物をがぶ飲みしました。しかし、またまた口が炎を吐きました。緑の飲み物は、大辛子よりもっと激辛の鬼辛子《おにからし》を磨《す》り潰《つぶ》したものだったのです。男は天空に向かって炎を吐きました。炎は山を焦《こ》がし、さらに剥《む》き出しになっていた岩場を燃やしました。それで今でも、ウルリケの岩は真っ黒けなのだそうです。おしまい」

キュレレは目をパチパチさせて、珍しく感想をつぶやいた。

「お話、短い」

2

ソルムの果て、ヴァンパイア族の居留地で、ヴァルキュリアはかつてキュレレがそうしていたように天幕にこもってうつ伏《ぶ》せになっていた。天幕の中は薄暗《うすぐら》い。外はすっかり明るいが、外に出る気分になれない。

寐《ね》ても寤《さ》めても、ヒロトがいない。

眠《ねむ》ればヒロトの夢を見て寂《さび》しさが募《つの》り、起きればヒロトがいないことをひしひしと感じて寂しさが募る。どこにいてもヒロトの不在が心を圧迫《あっぱく》する。

ヒロトと離《はな》れ離《ばな》れになったことは何度かある。自分はお留守番というのは何度かある。でも、今回ほど長期間というのは初めてだった。

仕方がないというのは自分でもわかっている。ヒロトは外交の使節としてガセルに行ったのだ。自分が随行《ずいこう》すれば、「ヴァンパイア族はガセル王国に味方する」という誤ったメッセージを発信してしまう。自分が行けば、ヒロトに迷惑《めいわく》を掛《か》けてしまう。自分が行くわけにはいかないのだ。

だが――長い。ヒロトが出掛《でか》けたのは一カ月ほど前だが、ヒロトはまだ帰って来ない。ヒロトが出発する時には、一カ月なんてすぐ過ぎると思っていたが、すぐではなかった。

ヒロトのいない時間は、まるで時間の進み具合がとろくて、なかなか進んでくれない。

ダルムールの話では、ヒロトは帰国早々唸ることになるだろうという。石が問題になっているそうだ。ますます自分といっしょにいる時間は少なくなってしまうかもしれない。

（またずっと……離れ離れになっちゃうのかな……）

3

ヒロトはガセル国王パシャン二世の寝室《しんしつ》を訪れて、王とイスミル王妃《おうひ》に最後の挨拶を済ませたところだった。

今の人々の感覚では考えづらいが、王の寝室は一つの外交の場だったのである。もちろん、寝室には誰もが招かれるわけではない。寝室に招かれるということ、それは一つの信頼の表れであり、招かれる側にとっては信頼のステイタスだったのだ。最後の挨拶に謁見の間や執務室ではなく寝室を選ばれたということは、ヒロトがそれだけ信頼されたという証拠である。

赤い薄《うす》い生地《きじ》のドレスに身を包んだ長身のスリムなガセル美女が、大きめの木箱を手にしてやってきた。二人がヒロトの前に木箱を置く。

「それはかわいらしい姫君《ひめぎみ》のものです」

とイスミル王妃が告げる。

「開けるがよい」

とパシャン二世に言われてヒロトは木箱を開けた。

一目でわかった。

本であった。豪華《ごうか》な表紙は金糸と銀糸で縫《ぬ》ってある。きっとガセルの物語に違いない。

「それをかわいらしい姫君へ」

とイスミル王妃は重ねて言った。かわいらしい姫君とはキュレレのことである。

「きっと大喜びしましょう。感謝申し上げます」

さらにガセル美女が二人、姿を見せた。小さな木の小箱を持っている。

「そちらも是非」

とイスミル王妃が言い、ガセル美女が小箱の一つを開けてみせた。

入っていたのは、真珠《しんじゅ》の指輪だった。リングは金である。これまた高価なものだ。

「山ウニ税のこと、必ず頼《たの》みましたよ」

とイスミル王妃から念を押《お》された。

「必ずやリンドルス侯爵《こうしゃく》に申し上げます。どうやって守らせるのか、帰り道でもじっくりと考えて必ずや答えを出します」

　とヒロトは答えた。

「またいつでも来るがよい」

　とパシャン二世が声を掛けた。

「いつでも舞《ま》い戻ってまいります。ガセルでの日々は、自分がこの世界に来て何よりの宝の日々です。王と王妃の素敵《すてき》な人柄《ひとがら》、そして思いやりは決して忘れません。自分は本当に幸せ者です」

　パシャン二世がうなずく。

「メティスによろしく。少しは顔を見に来るようにと」

　イスミル王妃の言葉に、

「必ずやお伝えいたします。メティス将軍にも、必ず王妃の許《もと》にお邪魔《じゃま》するように伝えます」

　イスミル王妃がうなずく。

「では、パシャン王、イスミル王妃、いつまでも健《すこ》やかに。またお目に掛かれる日を楽しみにしております」

　そう言ってヒロトは王の寝室を後にした。ドルゼル伯爵とともに宮殿の廊下《ろうか》を歩く。帰りもドルゼル伯爵が同行することになっている。

「またこうしてお送りできるのは、光栄なことです」

とドルゼル伯爵が微笑《ほほえ》んだ。

「自分も伯爵に送っていただけるのは心強いです。実は、王と王妃にお願いしようかと思っておりました」

ヒロトの言葉にドルゼル伯爵の笑顔《えがお》がさらに柔和《にゅうわ》になる。元々ドルゼル伯爵とは馬が合ったが、ガセルで多くの日をともに過ごすことで、いっそう関係が深くなった。ヒロトにとってはかけがえのないパイプである。

途中《とちゅう》でエクセリスやソルシエール、ミミアと合流すると、ヒロトは馬を駆って王宮を出た。いよいよ帰路である。

（これでヴァルキュリアのところに帰れる）

そう思ったヒロトだったが、いやなものが門出《かどで》に待っていた。大きな王宮の門の上に、馬鹿でかいカラスが一羽《わ》、止まっていたのだ。

鳩《はと》は平和と幸福の象徴《しょうちょう》。カラスは死と不吉の象徴。

ヒロトは禍々《まがまが》しい印象を受けた。中世ヨーロッパでは、カラスは黒い色ゆえに悪魔と結びつけられていた。だが、それ以前、二世紀のギリシアやイスラエルの夢占いでは姦通《かんつう》として、五世紀のギリシアの夢占いでは争いとして捉えられている。夢占いでカラスは凶兆なのだ。

（まさか、いやなことが待ってるわけじゃないよな……）

ガセル美女が告げた、グドルーン女伯のことが脳裏《のうり》をよぎった。ヒロトは脳内で首を横に振った。

（あれは占いだ）

4

凶兆は凶兆だった。テルミナス河に辿り着いたヒロトをネメド港で迎えたのは、ヒュブリデ王国のエルフの商人、ハリトスだった。ハリトスは大商人の一人である。ヒロトも枢《すう》密院顧問官《みついんこもんかん》になってから会ったことがあるが、そのハリトスが、待っていたのだ。妙《みょう》な感じだった。ハリトスが自分を待つ理由などないのだ。

ヒロトがヒュブリデ船に乗り込むと、

「是非ともお耳に入れたいことが――」

とハリトスは顔を寄せた。

伝えられた話は、外交的に最低のものだった。すぐにガセル美女がしてくれた予言が脳裏をよぎった。

《山に何かがあって、石のことでヒロト様は御立場《おたちば》が悪くなります。そのことで、高貴な方にとてもいやな目に遭《あ》わされるみたいです。この方、遠くにいらっしゃる方です》

当たるも八卦《はっけ》、当たらぬも八卦。

それは他人事として見ている人間が言えることだ。当たった当人には、何の指摘《してき》にもならない言葉である。

山に何かというのは、まさにその通りだった。ウルリケ鉱山のことを意味していたのだ。高貴な方と聞いてヒロトはグドルーンを想像したが、グドルーンだけではなかったようだ。アストリカ女王も、そうだった――。

アストリカ女王とグドルーンは、共通する条件を一つ突きつけ、相反する条件を一つ突きつけていた。アストリカは二十分の一税を、軍事同盟を、そしてグドルーンを女王として認めず自分を女王として認めることを望んでいた。対してグドルーンは明礬税を、有事の際のヒュブリデ軍の参戦を、そして自分を女王として認めることを望んでいた。どちらかに応ずれば、どちらかに応じることができなくなる。

二律背反。ダブルバインド。

(このままアグニカに行く?)

トラブル解決は早い方がいい。先延ばしすればするだけ、こじれて解決が難しくなる。

だが、今回は隣国《りんごく》とのトラブルではなく、自国でのハプニングである。アグニカとはトラブル解決というより、交渉《こうしょう》になる。交渉にはカードが必要だ。だが、今行ったところでヒロトにいいカードはない。圧倒的《あっとうてき》に優位な、強力なカードを持っているのは、アストリカ女王とグドルーン女伯なのだ。そして条件を呑むという貧弱《ひんじゃく》な、否《いな》、最弱なカードしか持っていないのがヒロトなのだ。そして早く行こうが、ヒュブリデ側が有利になることも、アグニカ側の優位が減ることもないのである。

もちろん、帰国したからといってよいアイデアが浮《う》かぶ保証はない。だが、今行くよりは帰国した方が、時間的にはアイデアが浮かぶ可能性は出てくる。自分の脳味噌《のうみそ》だけで考えるのではなく、枢密院のメンバーの脳味噌も使えるので、まだ可能性はある。

急がば回れ。

日本の諺《ことわざ》が頭に浮かんだ。ヒュブリデ側は先に状況を把握《はあく》されて、先に攻勢《こうせい》を掛けられている。今の状況で敵地に乗り込まない方がいい。今は迂直《うちょく》の計を取るべきだ。

(それにしても、厄介《やっかい》な状況に追い込まれた……)

とヒロトは痛感した。アグニカとの軍事協定の破棄《はき》は、ヒュブリデにとってよい損切りだったはずなのだ。アグニカとガセルの戦争に巻き込まれなくするためのもの、無駄に国益を失わなくするための善処だったはずなのだ。

だが、それが裏目に出る形になった――。ヒュブリデは、不本意な形で軍事協定を再締結する以外ない状況に面している。

思い切って戦争を仕掛《しか》ける？　アグニカに攻《せ》め込《こ》む？　山からアグニカに入るのは難しい。不可能ではないが、アグニカも防衛線を敷《し》くだろう。かといって、テルミナス河からでは、輸送量に問題がある。そもそも、戦争を起こしてどれくらいの期間で決着がつくのかが問題だ。ハリトスは半年ほどでウルリケ鉱山の明礬石がなくなると言っている。それまでに戦争の準備をして降伏《こうふく》まで持ち込めるか。

（微妙《びみょう》だな）

不確定である以上、不確定な手段を使うのは難しい。『戦争論』を著《あらわ》したプロイセンのクラウゼヴィッツも、戦争は外交の延長線だと指摘している。まず外交があり、その外交の果てに戦争があるのだ。いきなり戦争があるわけではない。戦争を考える前に、まず外交で解決を目指すべきだ。

「本当に残念でございます……」

とハリトスは肩《かた》を落とした。

「よりによってアグニカに最強のカードを握《にぎ》られるとは……」

第十五章　裏目

1

ラスムスはエルフの商人ハリトスの部下とともに帰国したところだった。帰路はテルミナス河を下るだけだっただけに非常にスムーズで順調だったが、充実感《じゅうじつ》も爽快感《そうかい》もなかった。

港で下りて、馬車に乗り換《か》えた。アグニカの道はかなり悪くてほとんど馬車が使えず騎《き》行《こう》だったが、ヒュブリデは道がいい。おかげでスプリングつきの四輪馬車の乗り心地《ごこち》を味わえる。

それでも気分は晴れなかった。晴れるわけがなかった。アグニカに最強のカードを握られているのだ。そしてヒュブリデは最弱のカードしか持ち合わせていない。

エンペリア宮殿の執務《しつむ》室《しつ》に着いて最初にレオニダス王に言われたのは、

「ヒロトはどうした？」

であった。いっしょに帰って来たのではないのか。まだ帰ってきていないのか。

レオニダス王の頭にはヒロトしかないようである。

「ヒロト殿に対してはハリトスが報告に参っております。自分は一足先に帰ってまいりました」

「くそ、ヒロトのやつ遅《おそ》いぞ。死刑《しけい》だ」

得意の暴言を吐いてから、

「ご苦労であった」

とレオニダス王が形通りの言葉を掛けた。

執務室にはレオニダス王以外に枢密院のメンバーが集まっていた。大長老ユニヴェステル、宰相《さいしょう》パノプティコス、フェルキナ伯爵、ラケル姫《ひめ》、書記長官、大法官である。

「ウルリケ鉱山のことはお聞きになっていらっしゃいますか?」

とラスムスは問いかけた。途端《とたん》にレオニダス王は不機嫌《ふきげん》になった。

「聞いている。水の馬鹿め。死刑だ」

とお得意の死刑宣告を水に対しても行う。ラスムスは重い気持ちで言葉を継いだ。

「その件についてですが――」

2

話を聞いてレオニダスは絶叫《ぜっきょう》した。

「クソ～～ッ！　アグニカめ～っ！　アストリカもグドルーンも死刑だ！　何が同盟強化だ！　何が有事に参加だ！　何が明礬税だ！　おまえには不愉快《ふゆかい》税を課してやる！　十万ヴィントを寄越《よこ》せ！　このクソが～～っ!!　アグニカなど、攻め滅《ほろ》ぼしてくれる～～～～っ!!」

と全力で吠《ほ》えた。

頭の中は怒《いか》りで噴火《ふんか》していた。正直、レオニダスはアグニカが嫌《きら》いである。アグニカに力を貸したくないし、軍事協定の再締結など、真っ平御免《ごめん》だった。あの協定のせいで、ヒュブリデは参加しても得るもののない戦争に巻き込まれたのだ。ヒロトが気を利《き》かせ勇気を振り絞《しぼ》って単身乗《の》り込み、三カ国の間に通商協定を締結させなければどうなっていたか。今も戦争は続いていただろうし、その戦争にヒュブリデも無駄な兵を送って消耗《しょうもう》していたに違いないのだ。

ようやくその無駄な、諸悪の元凶《げんきょう》を断《た》ち切れた――そう思った直後、最も腹の立つ形で再締結の圧力が迫ってきたのである。

「明礬石というのは本当なのか？　ガセではないのか？」

とパノプティコスが確認《かくにん》する。

「あると言いながら実は嘘《うそ》をつくということもありえますな。山師にはあることです」

と書記長官が同意する。エルフは黙《だま》って明礬石を手渡《てわた》した。パノプティコスが受け取る。

それから書記長官にも渡《わた》した。

「これは立派ですな……」

書記長官は鉱山管理長官を務めていたことがあり、明礬石については枢密院顧問官《こもんかん》の中では最も知識がある。

「しかし、これだけでは……一ついいものだけを取り上げて、あとは嘘ということも――」

書記長官の疑義に、エルフの商人が反論する。

「グドルーンは、ボクが確認していないとでも思っているのかい？　と凄《すご》んでおりました。もしボクが嘘をついていたなら、すべてタダでくれてやるとも豪語《ごうご》していました。あの言い方からして、本物だと思います。嘘ではあそこまで強気にはなれません」

「わたしも女王のところで明礬石を見ました」

とラスムス伯爵もつづく。

パノプティコスが唸った。書記長官は明礬石を置いて、顎《あご》に手をやっている。まだ少しは疑っているようだが、真実だと考えるしかないのか……という表情である。

「我が国に嘘をつけばどうなるかは、アグニカもわかっていよう。ヴァンパイア族はアグニカには協力せぬと言明している。アグニカの商人がヴァルキュリア殿の容貌《ようぼう》を愚弄《ぐろう》したからだ。その上、我が国を騙《だま》したとならば、ヴァンパイア族の怒りの矛先《ほこさき》は容易にアグニカに向くことになろう」

と大長老ユニヴェステルが予想を披露《ひろう》する。

「しかし、そうなりますと大変なことになりますぞ。我が国は軍事同盟を結ぶしかなくなります」

と大法官がいやなことを言う。

「誰《だれ》が結ぶか！　おれはアグニカとは絶対に結ばんぞ！　戦争だ！　兵を送《おく》り込んで、鉱山を分捕《ぶんど》ってやる！」

とレオニダスは吠えた。

「鉱山がどこかわからぬまま、攻め込むので？」

と大長老ユニヴェステルが鋭い目を向ける。

「ラスムスを侮辱したのだぞ！　侮辱には戦《いくさ》だ！」

「ヒロト殿が同意されますかな？　半年以内にアグニカを降伏させて明礬石の契約《けいやく》を結ば

せることが確実に可能ですかな」

とユニヴェステルが迫《せま》る。

「うるさい！　死刑だ！」

とレオニダスは叫《さけ》んだ。だが、大長老はまったく動じない。レオニダスの「死刑だ！」が「めっちゃむかついたぞ」程度の意味でしかないことは了解《りょうかい》済みである。

レオニダスの怒りは収まらない。

「くそ！　こんな時にヒロトは何をやっておるのだ！　ヒロトを早く呼び戻《もど》せ！」

「もうすぐ戻ってくるかと……」

と書記長官が小さな声で言う。

「今すぐだ！　くそ！　おれは絶対にアグニカとは軍事協定は結ばんぞ！　アグニカを攻め落としてやる！」

「しかし、それでは明礬石が手に入りませぬ。戦争を行うにしても、準備だけで数カ月は掛かりますぞ」

と大法官が語気を強める。

「手持ちのもので何とかしろ！」

「お言葉ですが、陛下。何とかできぬからピュリスに行き、レグルスに行き、果てにはアグニカまで参ったのです。明礬石の採掘量《さいくつりょう》がこのまま激減したままとなれば、多くの染物師も織元も職を失って路頭に迷いましょう。我が国が誇《ほこ》る高級織物も輸出量が減って国にとっては大きな痛手となりましょう。それでもよいと陛下はおっしゃるのですか？」

とエルフの商人が恐《おそ》れずに立ち向かった。

「貴様――」

「下々の者からの、耳が痛い言葉を受け入れることこそ、王の度量ですぞ」

と爆発《ばくはつ》前にユニヴェステルが牽制《けんせい》する。怒りの感情が込み上げた。抑《おさ》えようとしたが、抑えきれなかった。レオニダスは唇《くちびる》を噛《か》み締《し》め、それから大声で怒声《どせい》を発した。

「おれは絶対にアグニカとは軍事協定は結ばん！　絶対にだ!!」

3

ひとまず結論はヒロトが帰ってから……ということで枢密院会議は終了《しゅうりょう》となったが、パノプティコスは重い気持ちだった。苦悩《くのう》に胸を塞《ふさ》がれて圧迫を受けている気分である。

アグニカとの軍事協定の破棄は、よき損切りだったはずだ。締結《ていけつ》していても利益のないものだった。

だが——思わぬ形で牙《きば》を剥いた。ウルリケ鉱山の出水により、軍事協定を破棄したことが裏目に出てしまったのだ。

破棄していなければ、すんなり明礬石を手に入れることができただろうか？

いや。

すんなりとはいかぬ。明礬石が出鉱しているのは、グドルーンの領地なのだ。そしてグドルーンは、山ウニ税導入を提案したヒロトを、そしてヒュブリデを、恨《うら》んでいる。たとえ軍事協定を破棄していなかったとしても、何らかの条件を突《つ》きつけてきただろう。そう、今回の要求にあるように、八割の明礬税を——。

戦を起こす？　兵で攻め立てる？

ヒュブリデはマギアとは戦争をしているが、アグニカとはほとんど戦争をしていない。理由は両国に横たわる山地だ。それほど高さがあるわけではないが、山道が険しく、山越《やまご》えが困難なのである。かといってテルミナス河を使って船で上陸するとなっても、港を選ばなければならない。港によっては川底が浅く、大きな船を使えない場所がある。大きな船を使えるのはずいぶんとアグニカの中へ入り込んだ場所になってしまうが、アグニカが看過するはずがない。迎撃《げいげき》されるのは必定である。ヴァンパイア族の協力を得られればよいが、サラブリア連合はアグニカには味方しないと公言している。アグニカに関わることに対しては一切《いっさい》の静観を決《き》め込む可能性が高い。

では、ガセルと連合するか？　ピュリスとも組むか？

それでは、お目当ての明礬石の鉱山を手に入れられるかどうかはわからない。組むとなるとこれから交渉が始まるが、交渉だけで半年が過ぎてしまう。戦争の準備にしても、一カ月でできるものではない。

（それにしても間が悪すぎる。最悪と言っていい）

思わずパノプティコスは顔面を片手で覆《おお》いたくなった。ヒロトの出発前に、ガセルでどのレベルの発言は許容できるのか、事前に打ち合わせをしていたのだ。ガセルと軍事同盟を結ぶのはＮＧ。だが、アグニカと軍事同盟を結ぶ予定はないと言明するのはＯＫ――。

（ヒロトが軍事同盟は結ばぬと言明していなければよいが……）

４

ユニヴェステルも憂鬱《ゆううつ》な気分で執務室を出たところだった。アグニカの損切りについては自分も同意していた。到底《とうてい》、我が国にとって利益を運ぶものには思えなかったのだ。むしろ不利益をもたらすものにしか思えなかった。

だが——。

逆に破棄がこんな形で不利益になろうとは——。

人生とは皮肉なものである。政治もまた、皮肉が紛《まぎ》れ込んでいる。モルディアス一世は協定を破棄せずして不利益を招いた。その子は協定を破棄して不利益を招いた。先王の不利益は防げるものだったが、レオニダス王の不利益は——誰も咎められぬ。

（石で躓《つまず》くとはな……）

ユニヴェステルは天井《てんじょう》の方に顔を向けた。だが、視線を上げてもよい未来は見えなかった。

（アグニカとは軍事協定を結ぶしかなくなろう。あとは我《わ》が国《くに》が不利益を被《こうむ》らないように条文をいじり回すしかない。だが、アグニカはできるだけ利益を引き出そうと粘《ねば》るだろう。それも明礬石を楯《たて》にして——）

ユニヴェステルは息をついた。

自分自身も責任を感じる。自分もアグニカとの軍事協定の破棄を勧《すす》めた一人なのだ。明礬石の採掘《さいくつ》に問題が生じ、しかもアグニカから輸入するしかないという問題が起きていれば、破棄は提案していなかっただろうが——。

（だが、結果的に悪《あ》しき方へ向かったのは事実。そしてそれに加担したのは、このわしだ……）

5

エンペリア大聖堂で見た精霊《せいれい》の灯《ひ》の揺らぎはこのことだったのだ、と副大司教シルフェリスは理解した。モルディアス一世が急逝《きゅうせい》する前にも、精霊の灯は揺らいだ。そして今回も――。

明礬《みょうばん》石の件は、国が揺らぐ事件と言ってもよい。そのことでヒュブリデはアグニカに対して百八十度の方針転換《てんかん》を迫られようとしている。近日中にヒロトは戻ってこようが、戻ってきても何も変えられまい。何度も国を救ってきた英雄《えいゆう》も、さすがに自然相手には何もできまい。魔法《まほう》のようにウルリケ鉱山の出水を解決するなんてことも不可能だ。

（いつでも精霊様は試練をお与えなさる。試練には必ず意味がある。でも、今回は、その意味が見えない……）

6

またヒロト様が駆《か》り出されることになるのだろうか、とラケルはヒロトのことが心配になった。アグニカとは早急《さっきゅう》に交渉を開始せねばならない。

しかし、「我こそが参りましょうぞ」と挙手する者がいるだろうか？　貧乏籤《びんぼうくじ》の中の貧乏籤なのだ。行っても結果はわかっている。結果は固定していて動かせない。言っても不《ふ》名誉《めいよ》しか得られないのだ。アグニカは我が領分と得意がっていたハイドラン侯爵だって、行けと言われても尻込《しりご》みするだろう。

（やっぱり今回もヒロト様？　でも、ヒロト様は休ませてあげたい……）

7

フェルキナは一人、執務室のテーブルに残って壁《かべ》の上の辺りを見ていた。別に何か注視しているわけではない。考え事をしていたのだ。

俗《ぞく》に内憂外患《ないゆうがいかん》と言う。国内の心配事と国外の心配事が同時にもたらされることである。国の中にも憂《うれ》いごとあり、国の外にも同時に憂いごとあり、という状況だ。マギアの件で内憂外患は取り除いたつもりだったのに、また新たに内憂外患が現れようとは……とフェルキナは息をついた。

あまりにも不運な展開だった。

まだアグニカを訪問する前ならば、何とかなったかもしれない。訪問の期日を延期し、急遽《きゅうきょ》大使をヒロトに変更《へんこう》し、ガセル訪問の後にヒロトにアグニカを訪問してもらう。それならば、何の問題もなかっただろう。

だが、先にラスムスを派遣《はけん》してしまった。ラスムスは軍事協定は結ばないと王の考えを伝えた。しかし、運悪く明礬石の問題が発生し、アグニカは最強のカードを、ヒュブリデは最弱のカードを引いたことになってしまった。

なんとも不運な流れだった。こんなポーカーは、誰がやっても負ける。たとえヒロトが勝負したとしてもだ。

（これでアグニカと軍事協定を結ぶことになれば、明礬石の問題は落ち着くけれど、近隣《きんりん》諸国での我が国の影響力《えいきょうりょく》はきっと低下する。ガセルはヒュブリデを信用せず、ピュリスとの一体化を進めることになる。ヒュブリデとアグニカ。対するガセルとピュリス。いずれ四カ国の間で緊張《きんちょう》が走る。ガセルに対して嘘をつく形になったヒュブリデは、二度とガセルに対して影響力を発揮することができなくなる。代わって、ピュリスが一番の影響力を持つようになる）

潮目が変わる……とフェルキナは感じた。今回の件で潮目が変わる。近隣六カ国の中心は、ヒュブリデからピュリスに変わるかもしれない。

第十六章　最低の二択《たく》

1

ドルゼル伯爵《はくしゃく》はヒロトを送った後、商船に乗り込んで出発したところだった。向かう先はピュリス王国ユグルタ州総督《そうとく》メティス――。ピュリスが誇る智将《ちしょう》の許《もと》である。

《次にアグニカが不誠実を犯《おか》した時に備えて、どう攻めるべきか。メティスと打ち合わせをしなければなりません。戦が銀不足を引き起こすことは充分《じゅうぶん》承知しています。ならば、銀山を取ればよいだけのこと。どのようにすれば銀山を落とせるのか、メティスと話をしてくるのです》

そうイスミル王妃には命じられている。

ヒュブリデだけでは充分にアグニカを抑えることができないかもしれない。ヒロトはグドルーンに対して決定打を持っていないのだ。ならば――。

二面作戦を考えるのがイスミル王妃らしい。

（銀山を取れれば、銀不足は一気に解消する……）

2

向かい合う翼《つばさ》を描《えが》いた紋章旗《もんしょうき》が、その船にはためいていた。船はサラブリア港へ向かってテルミナス河を東へと順調に下っている。

その船に向かって、黒い翼を伸《の》ばして巨大《きょだい》な怪鳥《かいちょう》が降下してきた。巨大な鳥は人間の顔を持ち、赤いツインテールを伸ばし、胸に豊かな乳房《ちぶさ》を蓄《たくわ》えて赤いハイレグの衣装《いしょう》でナイスバディを覆っている。

ヴァンパイア族の女である。ヴァンパイア族の娘《むすめ》は探している人を甲板《かんぱん》に見つけると、大声で最愛の人の名前を叫んで舞い降《お》りた。

「ヒ～ロト～～～ッ！」

青い上着と青いズボンの少年が振《ふ》り返り、ヴァンパイア族の娘——ヴァルキュリアに対してぱっと目を見開いて両手を広げた。ヴァルキュリアは大好きな恋人《こいびと》の胸に飛び込んだ。

約一カ月ぶりの再会だった。

ずっと、ずっと会えなかった。寂しくて何度も泣きそうになった。でも——ようやくヒロトに会えたのだ。

「ごめんな、遅くなっちゃって」

とヒロトが優《やさ》しい声を掛《か》けた。

「馬鹿」

顔をうずめたまま、ヴァルキュリアは返した。でも、うまく言葉を言えなかった。涙《なみだ》が出そうで、こらえるので精一杯《せいいっぱい》だったのだ。

（ヒロトの身体《からだ》……ヒロトの匂《にお》い……大好きな匂い……）

胸いっぱいにヒロトの匂いを吸《す》い込む。自分を抱《だ》き締めるヒロトの感触《かんしょく》。大好きな大好きな、ヒロトの身体だ。愛《いと》しさがきゅんきゅんと込み上げる。ずっとこんなふうにヒロトと抱き合いたかったのだ。

「元気にしてた？」

ヴァルキュリアは首を横に振った。元気なわけがなかった。ヒロトがいなかったのだから。

ヴァルキュリアは顔を上げて、好きな人の顔を見た。

大好きなヒロトの顔。でも、ちょっと疲《つか》れた感じ。一カ月前より元気がない。疲労に生気を奪われたような感じだ。大丈夫《だいじょうぶ》かなって心配になる。

「ヒロト、痩《や》せた」

「そう？　食いまくってたけど」

「疲れた顔をしてる」

「それはあるかも……」

とヒロトが苦笑《くしよう》する。

ほら貝の音が響《ひび》いた。接岸が近づいたのだ。

「すぐ出掛《でか》けるのか？　石で大変なんだろ？」

ヒロトをめぐる事情はヴァルキュリアも聞いていた。ダルムールが教えてくれたのだ。

「知ってるの？」

ヒロトの問いにヴァルキュリアがうなずくと、

「アグニカが明礬石の鉱山を手に入れたって言ってる。グドルーンの領地で、ミラスって鉱山らしいけど、本当かどうかはわからない」

と厳しい表情でヒロトは説明した。ヒロトの顔に翳《かげ》が走る。あまり見ない表情だ。いっそうヒロトのことが心配になる。ダルムールがうんうん唸《うな》っていたので、ヒロトが困る状《じよう》況《きよう》なのはわかっている。

好きな人を助けてあげたい。好きな人の心配をなくしたい……。母性本能を刺激されて、

「仲間に見に行かせようか？」

助け船を出すと、ヒロトが驚《おどろ》いた顔を見せた。

「いいの？」

ヴァルキュリアはうなずいた。久しぶりに会えたというのもあったが、それ以上に、大好きな相手を少しでも楽にしてあげたかった。

翼の音がした。彼女《かのじょ》と同じゼルディス氏族の者たちが、ヴァルキュリアのすぐそばに舞い降りたところだった。

「ヒロトがアグニカの鉱山が本物か知りたいって。グドルーンの領地でミラスって鉱山だって」

とヴァルキュリアは仲間に告げた。

「明礬石の鉱山なんだ」

ヒロトが補足する。少し離《はな》れて聞いていたエルフの商人ハリトスが、今だとばかりに進み出た。

「これが明礬石です」

と白と緑の石を差し出す。

「へ〜え」

「でも、遠いな」

ともう一人が言う。ヒロトがポケットから小箱を取り出した。

「これ、奥《おく》さんに」

と小箱を渡す。ヴァンパイア族の男が小箱を開いて口を開いた。すぐに顔がとろける。

「へへ、まいっちまうな。こんなのもらったら、また奥さんに夜通し絞《しぼ》られちまうぜ。三人目ができちまわあ」

とにやける。それからヒロトに小箱を返した。

「落としちゃいけねえから、預かっててくれ。鉱山は見てきてやるよ」

「十人分あるんだ。十人までなら、探してくれた人みんなに渡せる」

「わかった。他の氏族にも声を掛ける。うちの氏族ばかりだと、文句が出るからな」

そう言うと、二人は力強く羽ばたいて空へ飛んでいった。

「ありがとう」

とヒロトがヴァルキュリアに顔を向けた。ヴァルキュリアは首を横に振った。大好きな人のためなら、いろんなことをしてあげたいと思うものだ。

「すぐ出るのか？」

「一泊《ぱく》して、明日の早朝に出る。ヴァルキュリアもいっしょに来て」

絶対行く！

ヴァルキュリアは大きくうなずいた。思い切り心が弾《はず》む。これで王都までヒロトといっしょだ。もちろん、船の中でヒロトといちゃいちゃできる。

「元気してた？」

とエクセリスが甲板に出てきた。おめかしをしたミミアとソルシエールもいっしょである。

「今日はヒロトを独《ひと》り占《じ》めするから」

とヴァルキュリアは宣言した。

「独り占めにして。寂《さび》しかったでしょ？」

バレていた。女心は女同士が一番よく知る。

サラブリア港の岸がどんどん近づいてきた。エクセリスの父親にして州長官《しゅうちょうかん》代理のアスティリスと、ソルシエールの父親にして州長官補佐のダルムールが見える。相一郎《そういちろう》とキュレレもいる。キュレレはきっとお土産狙《みやげねら》いだろう。

橋が架《か》けられ、最初にエルフの衛兵が下りた。つづいてヴァルキュリアはヒロトととともに橋を下った。

ダルムールとアスティリスが笑顔《えがお》でヒロトを迎《むか》えようとしたが、その前にキュレレがするすると走り込んで割《わ》り込んだ。

「本！」

と自己主張する。

「キュレレ」

ヴァルキュリアは姉らしく妹を睨《にら》みつけた。

「木箱をもらったよ」

とヒロトはキュレレに答えた。別のエルフの衛兵が木箱を持ってやってきた。キュレレが期待に口を半開きにする。

木箱が開いた。金糸と銀糸で縫《ぬ》われた豪華《ごうか》な表紙の本に、キュレレはふきゅ〜っと黄色い声を上げてその場で跳《は》ねた。笑顔炸裂《えがおさくれつ》で、

「相一郎！」

とキュレレは叫んだ。もう読んでほしくてたまらないらしい。

「じゃあ、持って帰って読もうな」

「本〜♪」

キュレレは上機嫌《じょうきげん》である。我ながら現金な妹だ。

「ヒロト殿《どの》、よくぞご無事で」

とアスティリスとダルムールが出迎《でむか》えた。

「事情はハリトスから聞いたよ。追加の知らせ、ある？」

とヒロトは尋《たず》ねた。

「悪い知らせならあります。ウルリケ鉱山の排水《はいすい》は進んでおりません。新しい鉱脈の発見もできておりません」

ダルムールの返事にヒロトはうなずいた。

「食事の時に詳《くわ》しく聞かせて」

3

ヴァルキュリアはヒロトのすぐ隣《となり》で夕食を摂《と》りながら、アスティリスやダルムールの話を聞いていた。

自分の話を聞こうとしてくれないから不満？

まさか。

やっとヒロトは帰って来てくれたのだ。話ができなくても、すぐ隣にヒロトがいる。それだけで充分だ。

事態は相当深刻な様子だった。明礬石という石が採れなくなって、そのせいでアグニカに頭を下げることになる、結びたくない軍事協定を結ばなければならなくなるだろうという話を、ダルムールもアスティリスもしていた。明礬石がないと、この間ユニヴェステルからもらった服もつくれないそうだ。

ヴァンパイア族は染色《せんしょく》技術が高くない。ヴァンパイア族が人間の服を羨《うらや》ましがるのは、すばらしい色合いの服が多いからである。だから、きれいな生地《きじ》をもらうとヴァンパイア族の女たちは沸《わ》き立つ。ミイラ族の娘たちが人間の服を着て騒《さわ》ぐのと同じだ。

キュレレは一人だけ空気を読まずにガセルの料理の話を聞きたがっていた。ソルシエールが、キュレレのためにガセルの料理を教えていた。キュレレは、ムハラという激辛《げきから》の蟹《かに》の煮込《にこ》みに興奮していた。食《く》いしん坊《ぼう》な妹である。欲望に素直《すなお》と言うべきなのか。姉のヴァルキュリアから見ると、いささか甘《あま》やかされすぎである——母を失って寂しい思いをしてきたのは事実だが。

「今回もなんとかなりそうか？」

と相一郎が心配そうに尋ねていた。

「だいぶ厳しい」

とヒロトは即答《そくとう》していた。表情は相当に渋い。

「でも、協定は結ぶことになるんだろ？」

と相一郎が畳《たた》みかける。

「陛下は絶対いやだって言うよ。何があっても協定を結ぶなって。でも、今のところ、協定を結ばずに明礬石を手に入れる方法はない」

「じゃあ、戦争するのか？」

相一郎の問いにヒロトは考《かんが》え込《こ》んでいた。

「できるかどうかは微妙《びみよう》なところだと思う。たぶん準備しているうちに時間切れになる」

4

一時間後――。

温泉のような円形の広いバスタブの中で、ヒロトは呻《うめ》いていた。立ったヒロトの前にヴァルキュリアが跪《ひざまず》いて盛《さか》んに胸の双球を揺《ゆ》らしている。

「んぁっ……ヴァルキュリア……」

「我慢《がまん》禁止だぞ」

そう言われたが、無理なものは無理である。ヒロトは呻き声を上げて腰《こし》をふるわせた。

ヴァルキュリアが豊満なバストでヒロトの歓喜《かんき》を受け止めていく。

「ヒロト、ここは元気」

とヴァルキュリアが微笑《ほほえ》む。それから、

「ぎゅ～っ」

と思い切り抱きついてきた。胸の圧迫《あっぱく》を受けて、また思わず腰をふるわせる。

「んふふ、ヒロトがいっしょ～♪」

とヴァルキュリアがさらに抱擁《ほうよう》の腕《うで》に力を込める。ヒロトがいっしょでいるのがうれしくてたまらないらしい。

「汚《よご》れちゃうよ」

「ヒロトのものなら汚れない♪」

とヴァルキュリアは上機嫌である。

「お風呂《ふろ》、浸《つ》かる？」

「うん」

ヴァルキュリアが離れた。自分でお湯を掛けて乳房を洗う。それからまた、

「ぎゅ～っ♪」

とヒロトに抱きついてきた。ヒロトもヴァルキュリアを抱き締める。パツンパツンに張

ったロケットオッパイが思い切り胸板《むないた》を突いて、また元気になる。

「んふふ、元気すぎるぞ、ヒロト」

とヴァルキュリアが笑う。ヒロトも思わず笑顔になる。本当は笑える状況じゃないけど
――アグニカの状況は笑いを奪《うば》うものだけど――ヴァルキュリアといっしょだと笑顔にな
る。

（やっぱり、おれ、ヴァルキュリアが好きなんだ）

とヒロトは改めて実感した。この子に会いたかったんだ。この子といると幸せなんだ。

そう思う。ミミアもヴァルキュリアも、ヒロトにとっては初めてソルムで出会った女だ。

二人はヒロトにとってはこの世界そのものである。なくてはならない存在だ。

「ヒ〜ロト♪」

とヴァルキュリアが呼んだ。

「何？」

「なんでもない。んふふ」

と笑う。

「いっしょだからうれしい？」

ヴァルキュリアがうなずく。

「おれもうれしい。凄く会いたかったから」

「ほんとか?」

とヴァルキュリアが身体を離して顔を見る。ヒロトは舌を突き出して両目の目尻《めじり》を引っ張ってみせた。

「こいつ!」

とヴァルキュリアがお湯を掛ける。思わず童心に返って笑う。こんなふうに童心に返れるのも、相手がヴァルキュリアだからだ。

「そんなことをすると、またいじめてやるぞ」

「暴力反対」

ヴァルキュリアが腰を押《お》しつけてきた。

「ヒロト。欲《ほ》しい」

とリクエストする。ストレートな感情表現だった。久しぶりに再会したから、肉体レベルでいっしょを味わいたいらしい。

「おれ、湯船で死ぬかも」

「愛しい女で死ね」

ヴァルキュリアの言葉に、ヒロトは微笑んで答えた。

「じゃあ、死ぬ」

5

真っ暗な天井が、ずっとヒロトを見下ろしていた。ヴァルキュリアは全裸《ぜんら》の身体をヒロトに押しつけて愛らしい寝息《ねいき》を立てている。

久々のヴァルキュリアとの時間は楽しかった。やっぱり自分はこの子が好きなんだな、この子といっしょにいたかったんだなということを、改めてヒロトは実感した。ヴァルキュリアがいると、心の底まで明るくなる。アグニカの事件が起きてしまったのは、今までいつもそばにいてくれた女性の二人のうち一人がいなかったからかも……なんて嘘《うそ》のこじつけをしたくなる。

だが――。

久々にヴァルキュリアとセックスしてヴァルキュリアの中で果てたのに、ヒロトは眠《ねむ》れなかった。すぐ隣には大好きな女がいるのに、眠れない。

理由は考えるまでもなかった。

アグニカ。

アストリカ女王とグドルーン女伯《じょはく》——二人から突きつけられた条件のせいだ。相一郎に聞かれた時も即答したが、現時点で手はない。

ただ——ハリトスから話を聞いたおかげで、わからなかった謎《なぞ》は一つだけ解き明かせた。なぜグドルーンはガセル商人にタダで山ウニをくれてやるのかと不思議に思っていたのだが、ハリトスの説明が答えをくれた。

グドルーンは、ガセルとの有事の際にヒュブリデ軍が参戦することを要求している。それはつまり、ガセルと戦争になればピュリスも参戦すること、そうなれば自分たちでは到底アグニカを守りきれないとグドルーン自身がはっきりと把握《はあく》していることを意味する。

グドルーンは聡《さと》い女——頭のいい女——。

確かにそうだ。ヒロトのことを嫌《きら》っているはずなのに、自国を守るためにヒュブリデ軍の参戦を要求する女が、愚鈍《ぐどん》なはずがない。

ともに話ができる？

期待はできない。グドルーンは理性的ではあるが、ヒロトに対して報復をしようとしている。八割の明礬税がまさにそれだ。グドルーンは確かにヒュブリデの重要性を理解しているが、同時にヒュブリデへの恨みも忘れてはいない。そして個人的な恨みを懐《いだ》く者ほど、交渉《こうしょう》で厄介《やっかい》なものはない。説得するのはほぼ不可能である。

レオニダス王は間違《まちが》いなく、軍事協定を結ぶなと命令するだろう。しかし、明磬石は手に入れなければならない。

軍事力で威圧《いあつ》する？

無理。

ガセルとピュリスが急襲《きゅうしゅう》した時にも、リンドルス侯爵《こうしゃく》は屈《くっ》していない。アグニカ人はしぶとい。

ヴァンパイア族に頼《たの》んで空から宮殿《きゅうでん》を攻撃《こうげき》してもらう？　キュレレが宮殿を破壊《はかい》すれば、アグニカは折れる？

相一郎から教えてもらったことがある。ヒロトたちのいた世界の戦争で、空の力だけで降伏《こうふく》した国は一つもないそうだ。どんなに制空権を握《にぎ》られようと、どんなに空襲《くうしゅう》を受けようと、それだけで降伏した国はない。国が降伏し、屈従《くつじゅう》するのは地上軍が投入されてからである。地上軍の侵攻《しんこう》がなければ、国は降伏しないのだ。

アグニカも同じだろう。ヴァンパイア族の空の力だけでは、アグニカは条件を引っ込めない。ハイドラン侯爵はキュレレに別邸《べってい》を半壊《はんかい》させられて屈従したが、一個人と国家とは違《ちが》う。

念のためにヴァルキュリアにも聞いてみた。もしヒュブリデがアグニカと戦争することになったら、ヴァンパイア族はどうする？

《何もしないと思う。そりゃアグニカのことは嫌いだけど、一応謝《あやま》ったからな。ちゃんとしたもんくれたし》

リンドルス侯爵がきっちりと詫《わ》びたから、別に「馬鹿にされた仕返しだ！」とアグニカへの攻撃に参加することはないということだ。つまり、ヒュブリデは空の力を使えないということである。

ならば、陸の力はどうか。アグニカに侵攻して一部を占拠《せんきょ》。和議で、無条件に明礬石を販売《はんばい》することを約束させる。それならまだ現実的には可能だ。侵攻先はリンドルス侯爵の領地、キルヒア州になろう。問題はリンドルス侯爵だ。メティスに人質《ひとじち》にされた経験は、侯爵の中でも生きているはずだ。となれば、先手を打って守りを固めている可能性はある。もし固められていれば、戦争で解決するのは難しくなる。

武力でアグニカに条件を撤回《てっかい》させられないとなれば、残るのは交渉だが、交渉でも撤回させるのは絶望的――。

（相手は最強のカード。こっちは最弱のカード）

ヒロトは矛盾《むじゅん》の話を思い出した。

売り手はこちらに最強の矛《ほこ》があると言い、こちらには最強の盾があると言う。それを聞いた客が、じゃあ、両方突き合わせてみろよと挑発《ちょうはつ》して売り手が沈黙《ちんもく》したという話だ。

今のヒロトが陥《おちい》っているのは、最強の矛と最弱の盾の組み合わせだった。売り手がやり込められない世界。盾の持ち主が沈黙する世界。

（王都に着いても、きっと同じ話の蒸《む》し返しだ）

やれることはある？

たぶん、ない。

いや、確実にない。

それでも、ヒロトは本当にないのか、頭の中で確かめてみた。ないとわかっていても、本当にないのか確かめる必要がある。検証なしに、思《おも》い込みで片づけてしまうことほど危険なものはない。

アグニカの女王アストリカが、特許状再発行の条件として突《つ》きつけているのは、次の三つだ。

・軍事同盟を再締結《ていけつ》せよ
・二十分の一税を納めよ
・グドルーンではなく自分ただ一人を女王として認めよ

対してグドルーン女伯が明礬石販売の条件として要求しているのは、次の三つである。

・ガセルとの有事の際にはヒュブリデは兵を送れ
・買値の八割を明礬税として納めよ
・自分を女王として認めよ

まとめれば、「兵と金と承認《しょうにん》」ということになる。アストリカ女王もグドルーン女伯も、兵と金と承認を求めていることに変わりはない。

（おまけに、金にはちゃんと数字がついている）

待てよ、とヒロトは思った。数字がついているのは、金だけ。承認には数字がつかないとして、兵にも数字がついていない。

（でも、兵については交渉の中で数を持ち出してくるはずだ）

交渉する時、前もって数を口にしてしまうと、その数より多い数字を取ることは難しくなる。だから、数を有利に持っていきたい時には伏《ふ》せておくものだ。「兵」については、そういう考えがアグニカにあるのだろう。だが、「金」についてはすでに数が出ている。

アグニカはこれ以上の数を望むことは難しくなる。逆にヒュブリデにとっては、前もって出ている数より減らす可能性が高いということだ。

交渉の余地があるのは「兵」と「金」。兵の数については確実にせめぎ合いになるだろう。アグニカは多くを望み、ヒュブリデは少なくを望むことになる。だが、明礬石を持っているのはアグニカだ。ヒュブリデが理想とするレベルまで減らせるかといえば、難しいだろう。結局、相手の条件を呑《の》まざるをえなくなる。承認については、女王とグドルーン女伯の張り合いだから放置すればよいとして、ヒュブリデ側が今確実にできるのは、数字の出ている「金」について、数を下げることぐらいだ。「兵」は難行確実である。

イスミル王妃から念を押されたことを両国の協定に盛り込む？

ヒロトは少し考えてみた。イスミル王妃からは山ウニの不当な値上げをやめさせるようにお願いされている。そしてヒロトは善処を約束している。不当な値上げを行なわないことをアグニカとの協定に盛り込んでみる？

（アグニカは『努力する』って言って、努力義務で逃げそうだな……）

努力義務の表明では、厳守まではいかない。山ウニは再び不当に値上げされて、問題が発生する。そしてアグニカとガセルの間に戦争が起き、ヒュブリデは巻き込まれる。

ならば、不当な値上げを行なわないとはっきり表記させる？　だが、それでアグニカに明礬石を売らないと言われたら、ヒュブリデは引っ込めるしかなくなってしまう。

ヒロトはため息をついた。

（アグニカと軍事協定は結びません、山ウニに関しては答えを出しますって、ガセル王と王妃を前にはっきり言っちゃったのにな……。山ウニについては腰砕け。軍事協定については前言撤回になっちまう）

それはガセルとの関係を損なうことになるだろう。ヒロトが軍事協定を否定した時、パシャン二世はヒロトの発言を歓迎していた。だが、ヒュブリデがアグニカと軍事協定を結べば、パシャン二世はヒロトのことをこう思うに違いない。嘘つき。裏切り者。ヒロトはパシャン二世に信用されなくなる。その外交的損失は大きい。ガセルは二度とヒュブリデを信用しないかもしれない。特にパシャン二世はずっと警戒《けいかい》しつづけるだろう。

（ガセルとのことを考えるなら、軍事協定は撥《は》ね除《の》けるべきだ。でも、我《わ》が国《くに》の産業を考えるなら、軍事協定は結ばざるをえない……）

どっちに転んでも厳しい二択だ。

（軍事協定を結ぶしかないのか……）

第十七章　敗戦処理

1

商船を下りたガセル国顧問《こもん》会議メンバーのドルゼル伯爵は、赤い壁のテルシェベル城に入ったところだった。広々とした中庭を抜《ぬ》けて最後に辿《たど》り着いた部屋で待っていたのは、豊満な身体を白いドレスで覆《おお》った黒髪《くろかみ》の美女——ピュリスが誇《ほこ》る智将メティスだった。

「久しぶりだな」

と歩み寄ったメティスと互《たが》いに抱擁を交《か》わす。

「イスミル様はお元気だったか？」

「早く顔を見せに来るようにと」

ドルゼルが答えると、メティスは苦笑した。

「わたしもお会いしたいのだ。だが、事情が許してくれぬ。わたしはのんびり恩人を訪問することも許されぬ定めのようだ」

智将の言葉に、ドルゼルは微笑んだ。

「ヒロトが貴国に参っておったはずだが」

とメティスが話を向ける。

「アグニカと同盟は結ばぬという言質《げんち》を得ました。アグニカが法外なことをしでかした時には、ヒロト殿ご自身がアグニカに行って解決すると」

ドルゼルの答えに、メティスは懐疑《かいぎ》を示した。

「効くのか？　グドルーンはヒロトを相当嫌っておるはずだぞ。商売元を叩《たた》いたからな」

「その上、とんでもない武器を手に入れたという噂《うわさ》が――」

とドルゼルは声を潜《ひそ》めた。メティスは聞き返した。

「とんでもない武器？」

話し終えると、メティスは二度三度、大きくうなずいた。

「同盟は結ばぬという約束、反故《ほご》にされるやもしれぬな。ヒュブリデが明礬石《みょうばん》が足りなくて騒いでいるという噂はわたしの耳にも届いている。エルフの商人がヒロトを待っていたという話も気になる。明礬石のことを伝えに来たのやもしれぬな。もし本当にアグニカが明礬石を手に入れたのなら、アストリカもグドルーンも、明礬石でヒュブリデを揺さぶるであろう。ヒュブリデは明礬石のために折れるやもしれぬ」

「しかし、レオニダス王はアグニカを嫌っております――特にリンドルスを」

とドルゼルが言うと、

「一問着《ひともんちゃく》あるな。もし戦《いくさ》になれば、貴国も我が方も参戦して漁夫の利を得ればよい。貴国は銀山を抑《おさ》えるがよい。我らの時代になるぞ」

とメティスは答えた。すかさずドルゼルは言葉を継《つ》いだ。

「このたび参ったのはその件でございます。イスミル王妃より、いかようにアグニカを攻《せ》めるのがよいかと。策を考えてまいれと」

メティスは大きくうなずいた。

「今度の戦いは銀山を手に入れるのがよかろう。ただ、内陸になればなるほど、銀山は攻《こう》略《りゃく》が難しい。山地では我が軍を展開できぬ。山地では地の利はアグニカにある。河に近い銀山がよい。ただ、リンドルスの領地を攻略した時よりも骨は折れるぞ」

2

数日後――二つの翼が向かい合う姿が描かれた紋章旗を掲《かか》げた馬車が、護衛のエルフの騎士《きし》に前後を守られてエンペリア宮殿に入ったところだった。

通常、王宮に入る時には乗員は下馬や下車を強《し》いられる。しかし、その馬車に関しては、下馬も下車も強制されなかった。

今をときめく国王の重臣、国務卿兼辺境伯《こくむきょうけんへんきょうはく》ヒロトの馬車であった。二つの翼が向かい合う紋章旗は、辺境伯のものである。

馬車が車寄せに近づくと、扉《とびら》が開いて金糸を塗《ぬ》り込んだ白い絹のブラウスに身体にぴったりの白いズボン――ショース――を履《は》いた男が飛び出してきた。ずかずかと馬車に歩み寄る。

慌《あわ》てて王宮の衛兵が何か言い、馬車の扉を開けた。

現れたのは青いシャツに青いズボンの少年――ヒロトだった。ヒロトは衛兵のすぐ後ろに張りついている高貴な姿に気づいた。

ヒロトの主君、レオニダス一世であった。

「遅《おそ》いぞ。死刑《しけい》だ」

と早速《さっそく》レオニダス王は得意の一言を放った。

「陛下。我が国は死刑を宣告されたも同然です」

とヒロトは答えた。

「糞女《くそおんな》二人をどうにかしろ。リズヴォーン以上の糞だぞ」

3

すでに王の執務室《しつむしつ》──枢密院《すうみついん》会議の部屋──には、メンバーが集まっていた。大長老ユニヴェステル、宰相《さいしょう》パノプティコス、新しい財務長官フェルキナ伯爵《はくしゃく》、ラケル姫《ひめ》、書記長官、大法官、そしてそれぞれの書記たち──。

全員が、姿を見せたレオニダス王とヒロトに視線を向けた。すぐに視線はヒロトだけに集中した。皆《みな》、ヒロトの到着《とうちゃく》を待っていたのだ。

ヒロトは胸が詰《つ》まる思いを感じた。重苦しい雰囲気《ふんいき》からして、皆、答えには辿り着いているのだろう。

不本意ながら軍事協定に応ずるしかない。それがガセルとの関係を悪化させることは、居合わせている者は全員わかっている。わかった上で、もしかしたらヒロトなら──と期待してくれているに違いない。だが、ヒロトにも答えはない。

「特例でハリトス殿にも立ち会っていただきます」

とヒロトは開口一番、宣言した。エルフの商人ハリトスは、グドルーン女伯とアストリカ女王双方《そうほう》に会っている。

大長老ユニヴェステルがヒロトに鋭《するど》い視線を向けた。

「単刀直入に伺《うかが》う。策はあるか？」

まさに単刀直入だった。出会《であ》い頭《がしら》の一撃《いちげき》である。格闘技《かくとうぎ》の試合で言えば、試合が始まってのいきなりのKO打だ。

ヒロトは少し間を置いて答えた。

「軍事協定の要求を撤回させる方策については、現時点ではありません」

大法官が思わず声を上げた。

「ありませんとは何事か……！　それでも辺境伯か！　国王の重臣たる者が――」

「ないのにあると言えば、逆賊《ぎやくぞく》です」

とヒロトは返した。

「策がないことは皆もわかっていたはずです。ヒロト様を咎《とが》める理由はありません」

とすかさずラケル姫がヒロトを援護射撃《えんごしやげき》する。ありがたい身内からの支援《しえん》である。

「アグニカに兵を向けて半年以内に勝利できるか？」

と宰相パノプティコスが質問を向けてきた。

「ヴァンパイア族は協力を否定しています。リンドルス侯爵が詫びたから、先の仕返しだと言って攻撃するつもりはないと。空の力は恐《おそ》らく使えません。では、陸の力だけでとなると、キルヒアを占領《せんりょう》するのが最も有効だろうと思います。キルヒアを占領して、和議の条件として明礬石を持ち出す。問題はアグニカ側の防御《ぼうぎょ》です。リンドルス侯爵は、メティス将軍の人質になって懲《こ》りているはずです。先に守りを固められる可能性があります。そうなった場合、侵攻して有利な和議を……という作戦は大きな壁《かべ》にぶつかることになります」

とヒロトは説明した。

「くそ、またリンドルスか」

とレオニダス王が文句を吐《は》き捨てる。王は侯爵が大嫌《だいきら》いである。王子時代、リンドルス侯爵には「枢密院を追い出されますぞ」と棘《とげ》のある言葉を向けられたのだという。その王も、かなり暴言を吐いたそうだが――。

「ガセルとはどうだったのだ？」

とパノプティコスがさらに質問を向けた。

「国王パシャン二世ともイスミル王妃とも、良好な関係を結ぶことができました。このような贈《おく》り物《もの》もいただきました」

とヒロトはオルゴールを披露《ひろう》した。箱を開けると、早速メロディが流れだす。宝石で彩《いろど》られた、馬に跨《また》がった女を騎乗《きじょう》した男が追いかける。

「これは見事ですな……」

と感想を洩《も》らしたのは書記長官である。

「これだけで相当値打ちのあるものだ。それで？　アグニカと軍事協定を結ぶのかと聞かれたか？」

とユニヴェステルが確かめる。

「結ぶ予定はないとお答えしました」

大法官が呻いた。

「なんと愚《おろ》かな……！　それではアグニカと軍事協定を結べぬではないか……！　結べばガセルを裏切ることになる……！　これだけの贈り物をいただいてガセルを裏切れば、二度とガセル王は我が国を信頼せぬ……！　最悪、ガセルを敵に回すことになるぞ……！」

「お言葉ですが、軍事協定を結ぶつもりはないと言明することは、事前に打ち合わせで決まっていたことです。その時点では明磬石の問題も発生しておりません」

とフェルキナ伯爵がヒロトの肩《かた》を持つ。

「だが、結果としては最悪の形ではないか」

と大法官が非難する。すぐに書記長官が同調した。

「さよう、結果としては非常にまずい形です。明礬石については背に腹は換《か》えられない状《じょう》況《きょう》です。我が国には軍事協定を結ぶ以外選択肢《せんたくし》がない。しかし、結べばガセルとの関係は悪化するどころか、ガセルを敵に回すことになる。使節を派遣《はけん》した意味がまるでなくなる。むしろ真逆です」

「明礬石の鉱山自体が嘘ならば、問題はないがな」

大法官の皮肉に、すかさずエルフの商人ハリトスが反論した。

「お言葉ですが、恐らく鉱山はあります」

「絶対と言い切れるのか？」

大法官の肉迫《にくはく》に、

「ヴァンパイア族の方《かた》に鉱山が本物か、探し出して見てきてほしいと頼んであります。近日中に答えは出るでしょう」

とヒロトは援護射撃を撃《う》った。大法官は引き下がった。大法官は、いささかピリピリしているようだ。それだけヒュブリデが置かれている状況が深刻だということである。

「イスミル王妃からは、山ウニの不当な値上げについてアグニカに釘を刺すようにお願いされました。それについても善処を約束しています」

とヒロトは不都合な事実を告げた。

「明礬石を握られておるのに、善処できるわけなかろう……！　弱みを握られて強く言えるはずがない……！」

と大法官が呻く。

「山ウニのことは、この際措《お》いておくしかあるまい。重要なのは協定だ。協定を結ぶという形にしてなんとか骨抜きにできぬものか？　形だけの協定にして雀の涙ほどの部隊しか送らないような状況にできぬものか？」

とパノプティコスが提案する。

「それは難しいのではありませんかな。グドルーンは、はっきりとヒュブリデ軍の派遣と言ってきておるのです。部隊とも小隊とも言っていない。必ず軍の最低限の規模を明記するように言ってくるでしょうな。そして悲しいことに、明礬石はグドルーンの領地にある」

と書記長官が反論する。

「でも、ヒュブリデを味方につけても意味はあるのですか？　ヴァンパイア族はアグニカには味方しないのですよね？　そのことはアストリカ女王もグドルーンも承知なのでは……？」

とラケル姫が口を挟《はさ》んだ。ヴァンパイア族はアグニカには味方しないと公言している。ヒュブリデと軍事同盟を結んでも、ヴァンパイア族がアグニカを支援することはない。その状況でヒュブリデと軍事同盟を結んでも、あまり意味はないのではないか、とラケル姫は指摘《してき》しているのだ。

答えたのは書記長官だった。

「承知の上でしょうな。それでも我が国と軍事協定を結んだとなれば、ガセルとピュリスに対して強い牽制《けんせい》になる。強い楯《たて》となる。そうアグニカは考えておるのでしょう。ガセルとピュリスに束になって掛《か》かられたのでは、領土損失は覚悟《かくご》するしかありませんからな」

ラケル姫が黙《だま》る。議論を重ねても、希望の光は見えてこない。あるはずがないのだ。それでもヒロトは突破口を見出《みいだ》すため、状況の整理に出た。

「アストリカ女王の要求も、グドルーン女伯の要求も、ともに、兵・金《かね》・承認で成り立っています。承認は、女王と女伯がそれぞれ互いに張り合って要求したものでしょう。それほど真剣《しんけん》に受けなくてよいと思います。重要なのは兵と金、特に兵です。金については、女王は二十分の一、女伯は八割と非常に具体的な数値を出しています。交渉事では、先に数値を出して要求してしまうと、それ以上の数にはなりづらくなります。よって、金、すなわち税率については交渉の余地ありでしょう」

「確かにな」

と大法官が同意する。ヒロトは説明をつづけた。

「問題なのは兵です。女王は軍事同盟と口にしているだけで、その内容は明らかにしていません。女伯も、ヒュブリデが兵を送ることと言うものの、どれだけの兵かは明示していません。恐らく、我が国との交渉で有利に持っていきたいのでしょう」

「後ろで糸を引いているのは、リンドルス侯爵だな。前回我が国に来た時、執拗《しつよう》に軍事協定が有効かどうかを確認《かくにん》していたというではないか」

と大法官がつづける。だが、これは藪蛇《やぶへび》だった。

「それでおれは反対して親父《おやじ》から枢密院を追い出されたのだ」

とレオニダス王がちくりと刺《さ》す。当時、ヒロトは軍事協定を破棄《はき》するようにモルディアス一世に進言している。反対したのは宰相パノプティコスである。パノプティコスは顔色を変えていないが、内心はあまりいい気持ちではないだろう。

「顧問官《こもんかん》の方にも、そして書記の方にもお尋《たず》ねしたいのですが、有事の際に兵を要求する時、相場はどのくらいなんでしょう？　グドルーンはどれだけの兵を要求してくるとお考えになりますか？　千人で済みますか？」

とヒロトはメンバーに質問を向けた。質問で宰相への矛先《ほこさき》を転じると同時に、本来の問題に踏《ふ》み込んだのだ。

「千人は無理だろう。グドルーンは明礬石を握っているのだ。その利は最大限に使うはずだ。一万は要求してくるはずだ」

　と大法官が真っ先に答える。ヒロトはすかさず尋ねた。

「五千で抑えられますか？」

「五千なら御《おん》の字《じ》だろう」

　と大法官が答える。

「三千は？」

「グドルーンが首を縦に振《ふ》るまい」

「四千は？」

　ううんと大法官が唸《うな》った。唸り具合からして、厳しそうなのがわかる。

「明礬石の件がないのなら三千でも充分《じゅうぶん》でしょうが、明礬石がありますからな。グドルーンは明礬石を高く売りたいでしょう」

　と書記長官が代わりに答える。

「女王は？　女王も同じように兵の数を明記してくるとお考えですか？」

　とヒロトは書記長官に尋ねた。

「後ろにリンドルスが控《ひか》えておりますから、数字は言ってくるでしょう。そこで兵の数を言わぬとは思えません。あの男は抜け目《め》がありませんから」

と書記長官が答える。

「わたしも同じ意見です。数字は必ず明記するでしょう。兵の数は最低でも五千。そこは譲《ゆず》らないでしょう。アグニカ側としては、できれば一万で決着をつけたいところでしょう。税率を下げさせるか、そもそも税を撤回させるか。その上で五千にとどめられるか」

とフェルキナ伯爵が道を示す。

「明礬税については全力で回避《かいひ》、二十分の一税についても回避に努める。最低でも税率を下げさせる。その上で兵を五千人に抑える。それしか方策はあるまい」

とユニヴェステルが告げた。返事はなかった。落としどころはそこしかあるまいというのが、その場の共通認識《にんしき》だった。

ため息が出るような結論だった。やはり希望の光は見出せなかった。

（税を撤回させることができたとしても、軍事同盟は結ばされる。明礬石は手に入るが、一件落着とはならない。パシャン二世もイスミル王妃も、せっかく大使を厚遇したのにヒュブリデは前言を翻《ひるがえ》した、約束を反故《ほご》にしたと悪印象を持つ。ヒュブリデに対して持っていた好印象の貯金は、一気に負債へと変わる。アグニカとの問題を解決するためにヒュブリデに期待しても無意味だとガセルは判断するだろう。ピュリスとの連携を深め、アグニカに対して軍事的なプレッシャーを強めるだろう。ガセルとピュリスの連合に対して、ヒユブリデとアグニカの連合が対立することになる。対立は必ず現実の戦争へと発展する。外交的損失がアグニカに対してもガセルに対しても発生し、ヒュブリデは無用な争乱に巻き込まれることになる。一得一失って言葉があるけど、一失どころじゃない。二失、いや、三失だ）

ヒロトにとっては、実にいやな気分だった。他の者にとっても同じだろう。外交的損失を回避する選択肢は、ヒュブリデにはないのだ。

議論が出尽《つ》くしたところで、ラケル姫が口を開いた。

「あの……それでどなたを派遣されるのですか？」

4

ラケル姫の質問に、その場がびくっとふるえた。空気が一瞬萎縮《いっしゅんいしゅく》するような雰囲気があった。不本意な協定を結ぶためにアグニカに行きたいと望む者など、いない。

「やはり……ヒロト殿《どの》しかおらぬのではないか」

と言い出したのは、ヒロトに対して非難をぶつけていた大法官である。

「敗戦処理にヒロト殿を差し向けるのですか？」

とすかさずフェルキナ伯爵が絡《から》む。

「敗戦処理とは何たる言いようだ」

と大法官が反発する。

「では、このたびのことを戦に見立てて、果たして我々は勝者ですか？　敗者ですか？　今我々が持っているのは勝者のカードですか？」

フェルキナ伯爵が畳《たた》みかける。大法官は黙った。

(敗戦処理か……まさに敗戦処理だな……)

そうヒロトは思った。この選択肢のなさ。相手が最強のカードを持っていて、こちらは最弱のカードしかないという状況——。まさに敗戦処理だ。それがわかっているのか、レオニダス王もいつになく口数が少ない。会議が始まっても発言していない。

「とにかくヒロト殿を派遣するのには反対です。もし派遣すれば、それこそリンドルスの願いを叶《かな》えてやることになります。このたびの苛《か》烈《れつ》な要求、まるでヒロト殿を連れてこいと命じているように思えます」

とフェルキナ伯爵が説明する。

「ガセルには国務卿《こくむきょう》が来たが、アグニカには来なかった。それではアグニカは劣位《れつい》のままだ。是非《ぜひ》とも国務卿に来てもらってガセルと対等に立ちたい、か。ガセルとの和平協議でも、ガセルに対して劣位になるまいとあの男はごねておりましたな」

と書記長官がつぶやく。

（おれを呼びたい、か）

リンドルス侯爵については納得《なつとく》だった。だが、グドルーンに対しては違和感《いわかん》が生じた。グドルーンはヒロトのことを嫌っているのだ。憎《にく》んでいるのだ。なのに、なぜヒロトを呼ぼうとする？

無理難題を吹《ふ》っ掛ければ、ヒロトが行く可能性は高くなる。しかし、グドルーンはヒロトを呼びたいと思うのか？

（ああ、そうか。おれを呼んで、おれに土下座をさせるなり、なんらかの報復をしたいのか）

そうかもしれない。

リンドルス侯爵はアグニカがガセルと対等になるようにするため。グドルーンはヒロトに直接報復するため――。

「アグニカにはヒロト殿以外の者を派遣、ガセルには改めてヒロト殿に再訪していただいてご説明をいただく。そういう形にすれば、ガセルとの関係悪化は最低限に抑えられるのではないかと思います」

とフェルキナ伯爵が提案した。それが一番の落としどころだろう。

だが——ヒロトは神経質なパシャン二世の顔を思い出した。ガセルの美女たちが話していた「神経質」「警戒心《けいかいしん》が強い」という言葉を思い出した。どうもそれらが引っ掛かるのだ。

（ヒュブリデがこうしますと言っても、またちゃぶ台返しをされると割り引いて考えるようになる。おれが直々に説明しても、それは変わらない気がする。パシャン二世はずっとヒュブリデに対して警戒しつづけるに違いない）

きっとイスミル王妃も夫にたいしてこう進言するだろう。ヒュブリデは当てにはなりませんね。やはり兄上の国を頼《たよ》った方がよさそうです。

そう進言された時点で、デッド・エンドだ。ヒュブリデが大きな影響力《えいきようりよく》をガセルに持ちつづけることは難しくなるだろう。つまり、アグニカとガセルの紛争《ふんそう》に対してヒュブリデが果たす役割は非常に小さなものになってしまうということだ。紛争が起きてもコントロールがほぼできなくなる。代わりに台頭するのがピュリス——。ピュリスの時代がやってきてしまう。

「では、お聞きしますが、その敗戦処理に自ら行きたいと挙手する大貴族はおりますかな」

と書記長官が少しばかり冷やかすような口調で尋ねた。まさかおりますまいと言いたげな様子である。

返ってきたのは沈黙だった。名前を挙げる者はいない。今のタイミングでアグニカに使節として行くのは、正直、貧乏籤《びんぼうくじ》以外の何物でもない。そして貧乏籤を抽《ひ》く大貴族など、一人もいまい。

「尻込《しりご》みするであろうな。こちらが申しつけても、色々と理由をつけて辞退するであろうな。ハイドラン侯爵とて——」

口にしてはいけない名前を口にしたことに気づいて、慌てて大法官は口を閉ざした。

「死刑だ」

ようやくレオニダス王が口を開いた。だが、その三文字だけである。再び部屋に沈黙が戻《もど》った。

書記長官も大法官も、口を閉ざしていた。

誰《だれ》かいい候補はおらぬか。自分は絶対に行きたくない。そんな気持ちだろう。

（おれが行くしかないのか……）

ヒロトは思った。

いや。

安全策を取るのなら、ヒロトがガセルを訪問、アグニカは他の人間に任せるべきだ。しかし、任せた時点でアグニカとは不本意に軍事協定を結ばざるをえなくなる。ヒュブリデは再びヒュブリデにとっては利益にならない戦争に――アグニカとガセルの戦いに――巻《ま》き込《こ》まれることになる。そしてアグニカとガセルの関係に対して、何も大きな役割を果たせないことになる。ヒュブリデは無益な犠牲《ぎせい》を強いられることになるのだ。

（となると――消去法でおれが立候補するしかないのか……？）

自分が貧乏籤を抽く？

ヒロトの思案を、女の声が打ち破った。

「誰もいらっしゃらないのなら、わたしが参ります」

ヒロトは驚《おどろ》いてラケル姫を見た。

「姫様《ひめさま》」

とフェルキナ伯爵が慌てる。だが、かまわずラケル姫がつづける。

「このような時こそ、わたしが日頃《ひごろ》の恩をお返しする時。わたしにさせてください」

「なりませぬ、姫様がそのようなこと――」

とフェルキナ伯爵が反発する。

「いいえ、お願い、させて。こういう時のために、わたしはこの国にいると思うの」

とラケル姫がフェルキナに答える。

書記長官も大法官も虚《きょ》を衝《つ》かれてうろたえていた。

「いや、しかし、……ラケル姫のような御方《おかた》がこのような貧乏籤……」

「大貴族の方には不名誉《ふめいよ》です。貧乏籤を抽《ひ》くのに適切な者がいるとしたら、わたししかおりません」

とラケル姫が大法官の言葉を遮《さえぎ》る。

「いや、しかし……」

と言ったきり、大法官は黙った。

ヒロトはじっとラケル姫を見ていた。ラケル姫は少し下を向き、悲壮《ひそう》さを滲《にじ》ませて決意の表情を浮かべていた。

行けば不名誉と屈辱《くつじょく》を被《こうむ》るのはわかっている。わかっていて、自らが貧乏籤を抽こうとしているのだ。

（ラケル姫に行かせるのか？）

ヒロトの中で声がした。

ラケル姫は自分が根無し草だと認識していて、敢《あ》えて皆のために犠牲になろうとしている。彼女《かのじょ》は犠牲になってしかるべきだと？

まさか。

貧乏籤を抽くにはふさわしいと？

ふさわしいはずがない。かつてシルフェリスの非難からヒロトを弁護してくれたラケル姫が、惨《みじ》めな目に遭《あ》うのがふさわしいわけがない。

ならば、自分が姫の代わりに行くのか？　リンドルスとグドルーンの希望を叶えるだけだぞ？　叶えて、それでヒュブリデの立場がよくなるのか？

ＮＯ。

自分はただ相手を利するために行くだけ。ヒュブリデを利するためにはならない。もし王国の誰かが貧乏籤《びんぼう》を抽かなければならないとしたら――。

（いや）

ヒロトは考え直した。

目の前に広がっているのは、無為無策《むいむさく》の地平線、ヒュブリデが外交的利益を守る可能性がゼロの地平線だ。誰が行こうとも、軍事同盟を結ばずして明礬石を手に入れる解決策はない。ヒロトが出掛《でか》けてもゼロだろう。

しかし――もし世界に一つだけ逆転の方策があるとして、その方策を思いつけるとしたら――誰がいる？　アグニカにラケル姫が行くのとヒロトが行くのと、逆転の可能性が百％ゼロなのは、どちらだ？　ほんの少しでも――〇・〇〇〇一％でも可能性があるのはどちらだ？

答えははっきりしていた。

ヒロトが言い出せば、フェルキナは反対するだろう。ユニヴェステルもパノプティコスも反対するに違《ちが》いない。

だが――この国でほんの少しでも可能性があるのは一人しかいないのだ。ほんの少しと言うにはあまりに微小《びしょう》すぎて、ほぼゼロに近いけれど。数学的にはゼロではないだけで、物理的にはほぼゼロだけど――。

ヒロトは意を決して口を開いた。

「自分がアグニカに行きます」

ヒロトの言葉に、執務室の時間が止まった。レオニダス王が、大長老が、宰相が、大法官が、書記長官が、そしてラケル姫が、完全に意表を衝かれた顔でヒロトを見ている。

「なりません、ヒロト殿！」

とフェルキナ伯爵が声を上げた。

「アホか！　コケにされに行くだけだろうが！　グドルーンの狙《ねら》いはおまえだぞ！」

とレオニダス王が甲高《かんだか》い声を張り上げる。

「ヒロト殿はガセルに行くべきです。アグニカに行くべきではありません。アグニカに行っても、無駄死《むだじ》にするだけです」

真っ向からフェルキナ伯爵が否定をぶつける。ヒロトは穏《おだ》やかに反論した。

「ガセル王は凄《すご》い神経質な人なんだ。おれが説明しても、ずっとヒュブリデを警戒しつづける。おれがアグニカに行くしかないんだ」

「策はあるのか？」

と冷静に問いただしたのは大長老ユニヴェステルである。

「ありません。でも、もし可能性があるとしたら、自分しかいません」

「可能性なんかあるか！」

と否定したのはレオニダス王である。

「ヒロト様、だめです。ヒロト様はこの国の英雄《えいゆう》です。英雄が負《ま》け戦《いくさ》に行くべきではありません。特にグドルーンはヒロト様を葬《ほうむ》るつもりでいます。お役目はこのわたしに――」

と言い張るラケル姫の台詞《せりふ》に、

「おれが行くべきです」

とヒロトは自分の主張をかぶせた。さらにレオニダス王に顔を向けた。

「陛下、自分にお命じください」

「阿呆《あほう》、できるか！　第一、帰って来たばかりだろうが！」

とレオニダス王が声を荒《あら》らげる。

「帰って来たばかりかどうかは関係ありません。問題は可能性です。現時点では策はありません。でも、もしアグニカに対してうまく立ち回る可能性があるとしたら――それができるのは自分しかいません。ラケル姫が行けば、確実に軍事同盟を結ぶことになります。我が国が対抗措置《たいこうそち》でアグニカの商人の特許状をすべて取り消したとしても、明礬石が手に入らないことに変わりはありません。必ず劣勢《れっせい》に追い込まれて、結局軍事同盟を結ばされます。税についても、結局呑《の》むことになるでしょう。完全に相手の勝利になるんです。自分がガセルに説明に行っても、ガセルは二度とヒュブリデを信用しないでしょう。アグニカとガセルに対して問題を回避する可能性があるとしたら――それは自分しかいません。どうかご命令を」

とヒロトは粘《ねば》った。レオニダス王は答えなかった。

絶対いやだと撥ね除けられる？

ラケル姫を命じる？

いや。

きっと葛藤《かっとう》しているのだ。レオニダス王も、ヒロトしか頼れる選択肢はないと思っているのかもしれない。でも、負け戦にヒロトを出したくない――。それで葛藤しているのだ。

「お願いするべきでは？」

と大長老ユニヴェステルが促《うなが》した。

「わたしは反対だ」

と宰相パノプティコスが反対側に回る。

「ヒロトの言う通り、可能性で考えるならヒロトしかおらぬ。ヒロト以外の誰が行っても、軍事同盟は締結《ていけつ》、ガセルとの関係は悪化する。それを回避する可能性があるとすれば、ヒロトしかおらぬ」

とユニヴェステルが言い返す。

「負け戦に英雄を投入すべきではありません」

「今、この目の前の負け戦を引き分けに持ち込める者がいるとしたら、それはヒロトしかおらぬ」

ユニヴェステルが宰相に反駁《はんばく》した直後、

「くそ〜〜〜っ！」

とレオニダス王は大声を上げた。

「親父と同じではないか！　いつもいつも、困ったらヒロト頼《だの》み！　おれはおまえにこれ以上迷惑《めいわく》を掛けたくないのだ！　おまえに頼ってばかりになりたくないのだ！」

心からの叫《さけ》びだった。レオニダス王が葛藤していたのは、それだったのだ。

うれしい言葉だった。迷惑を掛けたくないというレオニダス王の思いやり。温かい気持ち——。この異世界でそんなふうに思ってもらえるだけでも、充分幸せだ。状況は最悪だけれど、自分は幸せだ。

ヒロトは自然に頬《ほお》に笑《え》みを浮かべた。レオニダス王のために行こうと、心からそういう気持ちになれた。

「陛下。自分は陛下にそう思っていただけるだけで幸せです」

「おれは不幸だ！」

とレオニダス王は叫んだ。

「何をおっしゃってるんです。世界最高の家臣に無理難題を命令できることこそ、世界最高の幸せでしょう」

とヒロトはわざと挑発《ちょうはつ》してみせた。

「阿呆！」

早速罵声《さっそくばせい》が飛んできた。すかさずヒロトは迫った。

「陛下、ご命令を。ハイドラン侯爵《こうしゃく》なら、自分に命令することは絶対にありえません。陛下だからできるのです」

「うぬぼれるな、阿呆！　とっととアグニカでもガセルでも行け！　くそ！　重臣を負け戦に行かせる馬鹿王がいるか！」

とレオニダス王は叫んだ。またしても、王の熱い心からの叫びだった。ヒロトはじ～んとしながら頭を下げた。その頭に向かって、レオニダスの怒号《どごう》が飛んだ。

「おまえには無理難題をぶつけてやる！　ありがたくちょうだいしろ！　明礬石《みょうばん》は手に入れろ！　だが、軍事協定は絶対に結ぶな！」

あとがき

一度あることは二度ある。朝あることは晩にある。

今回はきっと分冊せずに済むんじゃないか。プロットを立てた時はそう思っていました。

だが――予想は覆されるためにある。

九月頭のメール。「四百六十頁近くになっちゃうかも」。二週間後。「五百頁に達するかも」。

さらに一週間後。「五百六十九頁になりました」。

……分冊決定です。二十巻として書いたものは、「二十巻・二十一巻」としてリリースされることになりました。みなさんが今手に取っている二十巻が年末発売、そして二十一巻が翌二〇二二年の二月末に発売です。で、今現在二十一巻をブラッシュアップしているわけですが、四百頁を超えております。

五百六十九頁ってことは、二十一巻は二百七十頁ぐらいになるんじゃなかったのか？加筆しても三百頁ちょっとで収まるはずじゃなかったのか？　なんで百頁以上増えて四百頁になってんだよ！　誰か説明してくれよ！（笑）

今回は資料との戦いでした。中世&近世の鉱山の日本語資料って、少ないんですよ。ぼくが調べた限り、日本語の書籍で手に入るのは二冊しかない。一冊は瀬原義生先生の『中・近世ドイツ鉱山業と新大陸銀』。とてもいい本なのですが、この一冊では書けません。一冊だけの資料で小説を書くのは無理です。小説を書くには抽象だけじゃなくて具象、しかも具象のディテールが必要なんです。いっぱい資料を読むのは、具象を集めるためなんです。小説を書くのって、論文みたいに抽象化する作業ではなく、具体化する作業なので、具象のストックが必要なのです。

古代ローマを舞台にした『巨乳ファンタジー3』を書く時には、古代ローマ関連の書籍を五十冊近く読みました。一つの舞台を書くにはそれだけの分量がいります。今回は鉱山という一点突破なので五十冊も読む必要はありませんが、それにしても一冊は少なすぎる。

そこで救世主となったのが、残り一冊。ゲオルク・アグリコラ、本名ゲオルク・パウエルが十六世紀半ばに著した『デ・レ・メタリカ』という本でした。これが馬鹿でかいのです。図鑑並みの大きさなのです。しかも、七百頁近くと分厚いのです。挿絵が三百枚近くあるのです。かつては五万円で売られていても入荷と同時になくなっていたという稀覯本なのです。でも、新型コロナの流行で中古本が値下がりして、少し安く手に入れられたのです。そしてこれが凄かった！　オールアバウト近世の鉱山みたいな内容で、驚くほど細かなことまで網羅してあるのです。おかげで鉱山の部分を書くことができたのです。ありがとう、アグリコラ。ありがとう、中古書店の方。本は偉大なり、資料は偉大なり。

実は今回、著者校正中に急遽確かめたくなって、古代ギリシアの夢占いの本を取り寄せました。アルテミドロスの『夢判断の書』。古代ローマでもカラスは不吉だった……って当初は書いてたんですが、待てよと。本当にそうなのか？　と。

確かめたら、古代ローマの建国時に真っ黒のカラスちゃんが吉の意味で登場しちゃってるわけです。どう考えたって、不吉なわけがない。おれ、間違えてんじゃん！　というわけで、ちゃんと修正してあります。思い込みで片づけずに裏を取る。必要ですね。

というわけで謝辞を。ごばん先生、いつもステキな肉感的なイラストをありがとうございます！　編集Hさん、今回もありがとうございました！　そしてみなさん、二十一巻は二〇二二年の二月末発売です！　お楽しみに！

では、最後にお決まりの文句を！

じ～～～～～～～～～～～～～～～～～～～く・ぼいん!!

鏡裕之

https://twitter.com/boin_master

HJ文庫 https://firecross.jp/
967

高1ですが異世界で城主はじめました20

2022年1月1日　初版発行

著者――鏡 裕之

発行者―松下大介
発行所―株式会社ホビージャパン

〒151-0053
東京都渋谷区代々木2-15-8
電話　03(5304)7604（編集）
　　　03(5304)9112（営業）

印刷所――大日本印刷株式会社

装丁――木村デザイン・ラボ／株式会社エストール

Printed in Japan

ISBN978-4-7986-2641-3　C0193